Coleção MELHORES CRÔNICAS

Manuel Bandeira

Direção Edla van Steen

Coleção MELHORES CRÔNICAS

Manuel Bandeira

Seleção e Prefácio Eduardo Coelho

© Condomínio indivisível dos proprietários dos direitos de autor
de Manuel Bandeira, 2002
Direitos cedidos por Solombra Books
(solombrabook@solombrabooks.com)
1ª Edição, Global Editora, São Paulo 2003
5ª Reimpressão, 2020

Jefferson L. Alves – diretor editorial
Flávio Samuel – gerente de produção
Dida Bessana – coordenadora editorial
Alessandra Biral e João Reynaldo de Paiva – assistentes editoriais
Luiz Guasco, Cícera M. S. de Abreu e Solange Martins – revisão
Victor Burton – projeto de capa
Gisleine de Carvalho Samuel – editoração eletrônica

Obra atualizada conforme o
NOVO ACORDO ORTOGRÁFICO DA LÍNGUA PORTUGUESA.

DADOS INTERNACIONAIS DE CATALOGAÇÃO NA PUBLICAÇÃO (CIP)
(CÂMARA BRASILEIRA DO LIVRO, SP, BRASIL)

Bandeira, Manuel, 1886-1968.
  Melhores Crônicas Manuel Bandeira / Edla van Steen (direção);
Eduardo Coelho (seleção e prefácio). – São Paulo : Global, 2003. –
(Coleção Melhores Crônicas)

  ISBN 978-85-260-0832-8

  1. Crônicas brasileiras. I. Coelho, Eduardo. II. Título.
III. Série.

03-3155   CDD-869.93

Índices para catálogo sistemático
1. Crônicas : Literatura brasileira 869.93

Direitos Reservados

global editora e distribuidora ltda.
Rua Pirapitingui, 111 — Liberdade
CEP 01508-020 — São Paulo — SP
Tel.: (11) 3277-7999
e-mail: global@globaleditora.com.br

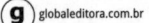 globaleditora.com.br   /globaleditora
blog.globaleditora.com.br /globaleditora
 /globaleditora 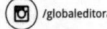 /globaleditora
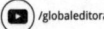 /globaleditora   /globaleditora
 /globaleditora

   Colabore com a produção científica e cultural.
Proibida a reprodução total ou parcial desta obra
sem a autorização do editor.

Nº de Catálogo: **2371**

Melhores Crônicas

Manuel Bandeira

MÁQUINA DE TUDO

Para Fred Góes, professor e amigo

As crônicas

Manuel Bandeira foi um dos mais importantes poetas brasileiros. Ao longo de seu trajeto literário, aproximou-se de vários modelos estéticos sem aderir, inflexivelmente, a nenhum deles. Seus primeiros versos estão vinculados ao neossimbolismo, mas também se relacionam à tradicional lírica portuguesa; depois, aproveitou-se de um grande número de técnicas vanguardistas. Resulta daí uma pluralidade artística marcada pelo desdobramento de muitos recursos, combinados sempre de modo original e coerente. Essa liberdade criativa foi preservada não somente nas múltiplas formas poéticas que adotou, mas também no distanciamento crítico frente a variadas questões. Isso revela ainda que, tanto em prosa quanto em verso, elaborou obras cuja lucidez é uma das marcas irrevogáveis.

Em suas obras, materiais da tradição artística e dos meios sociais e físicos circundantes estão organizados de modo igualmente heterogêneo, conforme explicitou o poeta no célebre *Itinerário de Pasárgada*: "A mim sempre me agradou, ao lado da poesia de vocabulário gongorinamente seleto, a que se encontra não raro na linguagem coloquial e até na do baixo calão".[1] Essas criações manifestavam-se ora pelo processo de "alumbramento", uma espécie de ímpeto criativo; ora pelo trabalho de construção, no qual Bandeira agrupava, manipulava e estruturava elementos, desentranhando, com isso, a poesia das coisas.[2] Ele acreditava, portanto, nos valores de todas as formas expressivas, por mais antagônicas que fossem, demonstrando, desse modo, a necessidade de buscar a via mais apropriada à realização de seus poemas.

Além de poeta, Bandeira foi notável prosador, que reconheceu na crônica um gênero extremamente favorável a seus procedimentos criativos, pois ela aceita e fornece vários instrumentos para quem a explora, sendo este um dos motivos de sua difícil classificação. Assim, o narrador bandeiriano tanto pode estar voltado, de modo rigoroso e preciso, a fatos históricos (então aproximando-se dos cronistas à moda antiga) quanto dirigir seu olhar para o cotidiano das cidades modernas, desenvolvendo, em tal condição, uma linguagem prosaica e coloquial, em que, às vezes, desnuda-se a mais intensa poesia.

Bandeira meio que buscava, nas densas camadas de restos citadinos – ou nos valores plásticos e humanos de cidades históricas sob ameaças –, materiais para construir outras Pasárgadas despertas não pelo anseio de evasão, mas pelo desejo de preservar aquilo que possui alma. Podemos, desse modo, considerar suas crônicas – e também seus poemas – como um tipo de "museografia" dos bens afetivos, particularíssimos ou históricos, que se opõem à pobreza maquinal e à carência de experiências comunicáveis dos centros urbanos em contínuos movimentos de

---

[1] Manuel Bandeira. *Poesia e prosa*. Rio de Janeiro: José Aguilar, 1958, v. 1, p. 83.
[2] Cf. "Poema desentranhado", que se encontra entre as crônicas aqui selecionadas, p. 150.

destruição e construção. Nosso cronista, portanto, assumiu o papel de memorialista, ou de "urbanista", que busca resistir à homogeneização da modernidade. À vista disso, é possível compreender por outra perspectiva o singular estilo bandeiriano, que recorre à suavidade para conservar os valores de alguns elementos ou emoções ameaçados pelos gestos abruptos da era industrial e mecanicista.

Nesses instantes de transtorno, em que ruídos sufocam as notas mais sutis, Bandeira manifestava a personalidade de um Perseu. Ao argumentar a favor da leveza, em *Seis propostas para o próximo milênio*, Italo Calvino explicou que a força de Perseu está na recusa da visão direta, não na resistência à realidade e aos monstros do mundo, entre os quais tinha de viver, assumindo tal estado como um fardo pessoal.[3] Esses monstros comparecem nas crônicas bandeirianas como ameaças de destruição do que está intensamente carregado de valores humanos e/ou historicidade, percebidos, sobretudo, no humilde cotidiano e na riqueza provinda das ruas.

Em *Crônicas da província do Brasil* e *Flauta de papel* – o primeiro de 1937, o segundo de 1957 –, Bandeira escolheu não apenas os modos narrativos rigoroso e/ou coloquial, mas ainda somou a eles o vigor de sua intensidade crítica. O espaço da crônica também serve, então, à análise de poemas, romances, peças teatrais, pinturas, esculturas etc. Além disso, o exercício de avaliação criativa está voltado, por vezes, à sua própria obra (sendo uma característica da literatura moderna), o que certamente contribuiu para formação de um projeto literário muito coerente e lúcido.

Assim, as crônicas reúnem variadas facetas de Manuel Bandeira: sua precisão crítica ao elaborar estudos sistemáticos, que, pelas dimensões e abordagens, se dis-

---

[3] Italo Calvino, "Leveza". In: *Seis propostas para o próximo milênio*. São Paulo: Companhia das Letras, 1991, p. 17.

tanciam da imprensa (cf. "De Vila Rica de Albuquerque a Ouro Preto dos estudantes", "Bahia" etc.); o registro de acontecimentos por meio de uma linguagem prosaica e simples, porém sofisticada (cf. "A Trinca do Curvelo", "Candomblé" etc.); e a capacidade de "desentranhar" intensidade poética de experiências particulares, desfiando suas lembranças mais tocantes (cf. "Minha mãe" etc.). A única restrição temática está voltada a assuntos de caráter político, o que se relaciona, coerentemente, não apenas à sua poesia – apartada desse tipo de matéria –, mas também a uma atitude algo irônica frente aos contínuos e desgastantes embates partidários desse período:

> Procuro sempre nestas mal traçadas linhas ocupar-me preferentemente de literatura, arte e outros assuntos amenos, deixando aos verdadeiros jornalistas a tarefa de descascar, cozinhar e servir em pratos limpos os quitutes políticos do dia – uma novembrada, uma espada de ouro e outras especialidades da cozinha nacional.[4]

A indefinição dos limites da crônica é radicalizada pelo "libertino" estilo de Bandeira, que tramou estruturas polimorfas e de variados conteúdos. Desse modo, ele fez desse gênero uma máquina de tudo, capaz de preservar um elenco de coisas plurais.

A seleção

Em 1957, Manuel Bandeira publicou *Flauta de papel*, livro de crônicas que traz relevante "Advertência" a respeito de sua organização:

---

[4] Manuel Bandeira, "É preciso esperar cem anos!...", *Jornal do Brasil*, Rio de Janeiro, 7 abr. 1957.

As minhas *Crônicas da província do Brasil,* cuja edição, que é de 1936 [engano de Bandeira, pois a primeira edição é de 1937], se achava de há muito esgotada, não mereceriam reimpressão: alguma coisa delas foi aproveitada em outros livros, como, por exemplo, o que se referia a Ouro Preto e ao Aleijadinho; muita coisa perdeu a oportunidade. Decidi, pois, reeditar apenas o que nelas me pareceu menos caduco, juntando-lhe numerosas crônicas escritas posteriormente, a maioria para o *Jornal do Brasil.* Chamei ao volume de *Flauta de papel,* querendo significar, com tal título, que se trata de prosa para o jornal, escrita em cima da hora, simples bate-papo com amigos.[5]

Já no ano seguinte, 1958, surgiu a reunião de suas obras, intitulada *Poesia e prosa.* Bandeira então optou pelo retorno de *Crônicas da província do Brasil,* acrescendo esta nota à "Advertência" da edição de 1937:

> Suprimiram-se nesta edição as crônicas "De Vila Rica de Albuquerque a Ouro Preto dos estudantes", "O Aleijadinho" e "Carlos Drummond de Andrade". O motivo da supressão é que a matéria delas foi aproveitada quase *ipsis litteris* em outras obras do autor.[6]

O livro, portanto, foi publicado quase completo, tendo apenas as supressões referidas.

Para integrar a presente obra, os textos de *Crônicas da província do Brasil* foram selecionados e reproduzidos conforme sua primeira edição, entre os quais se encontram, inclusive, as crônicas "De Vila Rica de Albuquerque a Ouro Preto dos estudantes" e "O Aleijadinho", que Bandeira eli-

---

[5] Manuel Bandeira. *Flauta de papel.* Rio de Janeiro: Alvorada Edições de Arte, 1957, p. 7.
[6] *Idem, Poesia e prosa.* Rio de Janeiro: José Aguilar, 1958, volume II, p. 122.

minara de *Poesia e prosa* sob a justificativa de tê-los aproveitado em outros trabalhos desse último volume. Esses, porém, não fazem parte do gênero da seleta que organizamos e, além do mais, não eliminam os valores das crônicas como textos independentes.

Ainda no volume de 1958, em "Nota preliminar" a *Flauta de papel*, são tecidos alguns esclarecimentos:

> As crônicas incluídas nesta seção ultrapassam de tal modo as enfeixadas no volume de igual nome, anteriormente dado a lume, que se pode afirmar que só o título se conserva.
>
> A produção de Manuel Bandeira nas diversas modalidades do gênero remonta ao início de sua carreira literária. Sua primeira crônica foi publicada por volta de 1917 (...). A partir de então colaborou no jornal *Correio de Minas*, de Juiz de Fora (1917-1918), no *Diário Nacional*, de São Paulo (1927), em *Província*, de Recife (1927), em *O Jornal*, do Rio de Janeiro, no *Diário da Noite*, do Rio de Janeiro (1932--1933), em *A Manhã*, do Rio de Janeiro (1941-1943), e, por fim, no *Jornal do Brasil*, do Rio de Janeiro, desde junho de 1955.
>
> Não foi possível reproduzir toda essa vasta produção (...). (...) vai aqui grande cópia das crônicas de *A Manhã* e as do *Jornal do Brasil*, além, é claro, da matéria do antigo *Flauta de papel*.[7]

Diante desses fatos, escolhemos e reproduzimos crônicas de duas edições de *Flauta de papel*: da primeira, de 1957, e de *Poesia e prosa*, de 1958. Assim, os textos respeitam a ordem de seu primeiro aparecimento em livro, mas isso não significa que seguimos a ordem cronológica, pois em *Crônicas da província do Brasil* Bandeira não datou seus textos, enquanto em *Flauta de papel* deixou

---

[7] *Idem, ibidem*, p. 259.

alguns datados e outros não; também não submetemos as crônicas selecionadas à organização temática. Tal como Bandeira fazia em suas obras, deixamos valer em toda a seleta a confluência e alternância de estilos, deixando à mostra o mais possível os recursos que a crônica pode abrigar em sua pluralidade. Esse procedimento também exige do leitor contínuas reavaliações, uma vez que lhe é requerida a contínua renovação da sensibilidade e da percepção crítica.

Outros textos foram escolhidos de *Andorinha, andorinha*, publicado em 1966 sob organização de Carlos Drummond de Andrade, grande amigo de Bandeira. Conforme nota que antecede às crônicas, intitulada "Os oitenta anos do poeta e a editora", esse volume é uma "(...) seleta de textos pela primeira vez divulgados em livro e abrangendo quarenta anos de colaboração na imprensa do país (...)".[8] Infelizmente, esta obra apresenta muitos equívocos, a começar pela informação de ser uma reunião de textos divulgados pela primeira vez em livro: a crônica "Sizenando entre brancas", por exemplo, é de *Flauta de papel* (1957), porém, nesta edição, seu título é "O retorno". Neste caso, revela-se outro problema de *Andorinha, andorinha*, que é a mudança de vários títulos, ou seja, a organização de Drummond se expande à autoria das crônicas. A questão torna-se ainda mais grave pelas supressões de conteúdo sem qualquer indicação, nos textos, a respeito de tais interferências. Por fim, destacamos a inapropriada organização temática do livro, que atenua os movimentos e ritmos variados do estilo bandeiriano, impressos pela mescla de conteúdos e recursos criativos diferenciados.

---

[8] Manuel Bandeira. *Andorinha, andorinha*. Rio de Janeiro: José Olympio, 1966, p. XI.

À vista desses fatos, *Andorinha, andorinha* serviu-nos apenas para seleção das crônicas, não para reproduzi-las. Optamos, então, pelo retorno aos textos "originais", isto é, conforme publicados nos periódicos.

Ao selecionar nosso material a partir de *Crônicas da província do Brasil, Flauta de papel* e *Andorinha, andorinha*, podemos afirmar que a presente coletânea é uma "antologia de antologias" (das mais representativas). As crônicas selecionadas nessas obras estão, efetivamente, entre as melhores de Manuel Bandeira, o que nos fez optar pela não inclusão de uma série de textos ainda inéditos em livros. Isso parece-nos um critério relevante, uma vez que a proposta editorial desta coleção está voltada, exatamente, para a reunião das *melhores crônicas*. Assim, buscamos, ao longo do percurso de cada volume analisado, reproduzir as versões apropriadas e organizá-las do modo mais condizente ao estilo bandeiriano.

Por fim, nesta seleta há uma resumida biografia do autor, em que aproveitamos os dados da cronologia elaborada por ele próprio, assim como importantes relatos do *Itinerário de Pasárgada*. Já a bibliografia foi revisada e atualizada, trazendo ao leitor uma via segura para suas pesquisas. Destacamos ainda o número abundante de traduções que, em todas as edições consultadas, têm suas referências incompletas, com erros ou totalmente omitidas, as quais sofreram as devidas correções em nossa coletânea. Além disso, sua atividade como tradutor revela-nos ainda outra faceta desse autor tão marcado pela pluralidade criativa.

Nas *Melhores crônicas de Manuel Bandeira*, esperamos despertar e/ou intensificar o prazer do leitor para as obras de um dos mais notáveis escritores brasileiros, que soube elaborar poemas e crônicas de modo intenso e "libertino", fazendo de seu ofício uma *Máquina de tudo*.

CRÔNICAS

CRÔNICAS DA PROVÍNCIA DO BRASIL

(1937)

DE VILA RICA DE ALBUQUERQUE A OURO PRETO DOS ESTUDANTES

Não se pode dizer de Ouro Preto que seja uma cidade morta. Morta é São João del-Rey. Ouro Preto é a cidade que não mudou, e nisso reside o seu incomparável encanto. Passada a época ardente da mineração (em que foi de resto um arraial de aventureiros, a sua idade mais bela como fenômeno de vida), e a salvo do progresso demudador pelas condições ingratas da situação topográfica, Ouro Preto conservou-se tal qual, em virtude mesmo da sua pobreza, aquela pobreza que já por volta de 1809, segundo depoimento de Mawe, fazia, por escárnio, trocarem-lhe em Vila Pobre o nome de sua fundação em 1711, que era o de Vila Rica de Albuquerque.

Na sua decadência econômica, que remonta à segunda metade do século XVIII, não houve dinheiro para abrir ruas, alargar becos, restaurar monumentos. Nas reparações dos prédios envelhecidos a economia levou sempre a alterar o menos possível. Em casas novas ninguém pensava. Elas são raríssimas na cidade, que enfeiam pelo contraste chocante com o resto da edificação.

Aqui é que caberia melhor que em qualquer outro sítio o sentimento do poeta:

Je n'aime pas les maisons neuves:
Leur visage est indifférent.
Les anciennes ont l'air de veuves
Qui se souviennent en pleurant.

Há em algumas dessas casas novas a intenção de retomarem o estilo das velhas. Mas falta a essa arquitetura de arremedo o principal em tudo, que é o caráter. Essa maneira arrebitada e enfeitadinha que batizaram de estilo neocolonial, tomou à velha construção portuguesa uma meia dúzia de detalhes de ornato, desprezando por completo a lição de força, de tranquila dignidade que é a característica do colonial legítimo. Vão ver o vestíbulo do solar do Saldanha na Baía: é, como de resto o exterior, de uma severidade quase dura. São assim os edifícios públicos e as velhas casas solarengas de Ouro Preto. Saint-Hilaire quando viu o Palácio dos Governadores achou até que não era palácio nem nada. "Esse pretenso palácio, disse ele, apresenta uma massa de edificações pesadíssimas demais e de mau gosto". Pode ser que eu esteja errado, mas o mau gosto me parece que é do francês. O caráter do palácio convinha muito bem a uma construção destinada a servir de residência fortificada e daí o seu aspecto de castelo-forte.

Os viajantes estrangeiros são quase sempre insensíveis aos elementos mais profundos ou mais sutis dos costumes e do sentimento artístico dos países que visitam. Um exemplozinho curioso se encontra na estranheza que lhes produz a tradicional disposição da mobília em nossas salas de visitas: o sofá com as duas linhas perpendiculares de cadeiras. A observação superficial atribui logo esse hábito ao gosto primário da simetria, quando em verdade é uma sobrevivência tenaz de costumes árabes herdados por intermédio dos portugueses.

Saint-Hilaire, falando das capelas de Vila Rica, limita--se a mencionar São Francisco e Nossa Senhora do Carmo, dando a impressão que não penetrou nelas. Entretanto estende-se um pouco sobre Nossa Senhora do Pilar e Conceição de Antônio Dias, certamente por serem as duas igrejas matrizes.

Burton, esse então diz bobagens, completamente inconsciente da grandeza criadora do Aleijadinho. Diante da frontaria de São Francisco, da qual se pode bem repetir o que Anatole France disse do Pavilhão Central do Louvre – *ciselé comme un joyau d'art* — o seu convencionalismo de humanista ficou muito ofendido porque viu duas colunas jônicas "desgraciosamente convertidas em pilastras". A propósito das colunas e pilastras que sustentam o coro de Nossa Senhora do Carmo, faz pilhéria, chamando-lhes *"a kind of 'barrigudo' style"*. Nem uma palavra para o delicioso lavatório de São Francisco.

O que todos admiraram, porque lhes lembrava o belo bem aprovadinho dos palácios do Renascimento italiano, foi o edifício da Cadeia.

Para nós, brasileiros, o que tem força de nos comover são justamente esses sobradões pesados, essas frontarias barrocas, onde alguma coisa de nosso começou a se fixar. A desgraça foi que esse fio de tradição se tivesse partido. Agora andam a retomá-lo, porém infelizmente com que desastrado entendimento! Nada mais ilustrativo dessa incompreensão do que o novo edifício do Fórum de Sabará. Enquadrado entre duas velhas casas autenticamente coloniais, severas e melancólicas, os seus arrebiques de neocolonial bonitinho fazem a gente perguntar estarrecido:

— Será possível que isto tenha saído daquilo?

Mas os prédios novos são exceção. Ouro Preto preservou, mercê de sua pobreza, uma admirável unidade. De todas as nossas velhas cidades com alguma riqueza de patrimônio artístico é ela talvez a única destinada a ficar como relíquia inapreciável do nosso passado. As duas outras cidades que se lhe irmanam nessa feição tradicionalista estão fadadas a uma renovação sem cura: Bahia e Olinda. Em ambas ainda é bem forte a emoção especial ligada aos vestígios dos séculos defuntos. Mas Olinda é cada vez mais arrabalde do Recife. A capital acabará fatalmente por absorvê-la. Quanto à cidade do Salvador, o progresso, que tudo renova, fará com ela o que fez com o velho Rio e o velho Recife. Nem poderia ser de outro modo.

Intitulei estas impressões "De Vila Rica de Albuquerque a Ouro Preto dos estudantes". No entanto, tenho vontade de remontar aos tempos da descoberta, quando tudo ali eram grotões de mata braba de iguapevas e jacarandás.

Há na história de Ouro Preto três gestos muito simples que retêm a minha imaginação mais que os tumultos da sedição de 1720, mais que o esplendor fabuloso da procissão do Triunfo Eucarístico em 1735.

O primeiro foi o daquele mulato de que nos fala Antonil. Tendo ido ao sertão dos Cataguás, numa entrada de paulistas de Taubaté que batiam aquelas regiões à caça de índios, e chegados às alturas do serro do Tripuí, desceu ele às margens do ribeiro hoje de Ouro Preto para buscar água. Meteu a gamela até o fundo, raspando as areias do córrego, e quando a levantou, viu que vinham com a água uns granitos negros, cuja natureza não reconheceu, embora já houvesse trabalhado nas minas de Paranaguá e Curitiba. Levou-os de volta a Taubaté onde os vendeu a um certo Miguel de Sousa por meia pataca a oitava. Mais tarde, mandados alguns desses granitos ao governador do Rio de Janeiro, Artur de Sá e Menezes, este, trincando-os nos dentes, pôs a descoberto o brilho próprio do metal, que era ouro do mais fino quilate. Aquilo atrás do que as bandeiras ansiosas e sempre desenganadas cortavam o sertão havia século, descobriu-o o mulato naquele gesto humilde de quem apanha um pouco d'água para matar a sede, gesto sem outra intenção e que no entanto criava um mundo.

O segundo foi o simples gesto de espanto dos bandeirantes de Antônio Dias na alvorada do dia 24 de junho de 1698.

Depois que tornaram a Taubaté os paulistas em cuja expedição tomara parte o mulato anônimo descobridor dos granitos negros, o Itacolomi ficou sendo a baliza que orientava os batedores de ouro para o recinto do Tripuí. As primeiras expedições transviaram-se, sem conseguir pôr os olhos no alvissareiro pico.

Antônio Dias foi mais feliz. Em vez de penetrar pela Itaverava, como fizeram os predecessores, teve a inspiração de entrar por onde os primitivos caçadores de índios haviam saído. Ora, era da saída e não da entrada do vale do Tripuí que se podia divisar a famosa pedra na feição assinalada pelos descobridores. Antônio Dias, deixando a serra da Borda do Campo, veio direito ao Rodeio, transpôs a serra do Pires, e galgou, do ribeirão da Cachoeira, as alturas que hoje chamam do Campo Grande. Chegados ali quase noite, acamparam, mas nada viram do Itacolomi, bem perto, porém velado pela carapuça de nuvens que tão frequentemente o esconde. Assim, dormiram ao clarão protetor dos fogos. Era a véspera de São João. No dia seguinte, ao alvorecer, o céu estava muito limpo e do outro lado do vale o perfil inconfundível da pedra se recortava nítido na primeira luz da manhã, como um milagre do santo...

No ano seguinte, avisados por Antônio Dias os parentes e amigos de Taubaté, chegou a Campo Grande nova leva de bandeirantes, entre os quais se alistara com seu altar portátil o padre João de Faria Fialho, capelão da bandeira.

Na Capela de São João, simples rancho coberto de palha, disse o padre a primeira missa. E como a palhoça estivesse situada bem no espigão da montanha, o padre abrindo os braços em frente do altar abençoava as duas grandes vertentes históricas, a do rio Doce e a do rio das Velhas. Este o terceiro gesto. Três gestos bem simples – um

movimento descuidado de mão, uma expressão de surpresa, uma bênção.
A vida tumultuária das Minas contrastou logo a grande paz que havia neles. Em dois anos o afluxo de aventureiros foi tamanho que, à falta de culturas, do que ninguém cuidava, e difíceis como eram os transportes de mantimentos, sobreveio, aniquiladora e dispersiva, a fome de 1700-1701. Muitos dos primeiros bandeirantes abandonaram as suas catas, atirando-se a novas descobertas. Alguns não voltaram nunca mais, entre estes o primeiro descobridor Antônio Dias e o padre João de Faria Fialho, cujos nomes perduram até hoje ligados aos bairros que se desenvolveram nas datas por eles lavradas. A capelinha chamada do Padre Faria não foi levantada por ele, que falecera em Guaratinguetá em 1703. Data de 1710. O seu estado atual é bem precário e necessita urgentemente um trabalho de reparação inteligente que resguarde todo o amorável aspecto da sua decoração interna. Com o seu cruzeiro pontifício, o seu sino grande, que data de 1750, quase escondida no fundo do vale, a capelinha do Padre Faria é comovente como o ex-voto do milagre de São Brás em 1717, conservado sobre um dos seus altares.

Os paulistas não faziam caso nenhum do ouro da serra de Itatiaia. Era o *ouro branco*, de pouco rendimento, e assim chamado pela sua cor pálida, quase argentina. O ouro bom, o ouro cobiçado era o *ouro preto*, o ouro fino; chegava a quase vinte e três quilates e quando se lhe punha o cunho na fundição, escreveu Antonil, fazia greta na barreta, como se arrebentasse por todas as partes; e por dentro dava tais reflexos que pareciam raios do sol...

Quando em 1704 Pascoal da Silva, mascate português enriquecido no rio das Velhas, meteu-se de posse das catas abandonadas pelos Camargos, iniciou a mineração pelo processo de desbancar o terreno por levadas de água. Sucedeu que no flanco da serra onde por hoje passa o caminho das Lajes, deu com um veeiro riquíssimo. Ali o metal era como terra... Ouro podre! Esse ouro excelente e tão fácil de colher foi que verdadeiramente fundou a futura Vila Rica, povoando-a de forasteiros ávidos.

    O movimento foi tão rápido e tão intenso, que sete anos depois, em 1711, os primitivos arraiais de catadores eram erigidos em vila – a Vila Rica de Albuquerque, do nome de Antônio de Albuquerque, capitão-general da nova capitania de São Paulo e Minas do Ouro.

    Pela narrativa de Antonil, que andou nas Minas por volta de 1708, se pode figurar o que era a Vila Rica daqueles tempos: alguns arraiais dispersos, separados por montes de mataria cerrada. A meia légua um ou outro, que em menor distância não outorgava o Regimento título de descobridor, ficavam os arraiais do padre Faria, Antônio Dias, Paulistas, Bom Sucesso, São João, Ouro Podre, Taquaral, Sant'Ana, Piedade, Ouro Preto, Caquende... Com o correr dos tempos, o arraial de Ouro Preto, que com o de Antônio Dias formava o núcleo da vila, impôs nome cuja tradição remontava à era do descobrimento, nome que apesar do outro, de batismo oficial, nunca foi esquecido pelo povo.

    Diogo de Vasconcelos descreveu na sua memória sobre as obras de arte de Ouro Preto o que era a casaria da fabulosa Vila Rica: "Cochicholos tristes, fechados por quatro paredes de dois a três metros de altura, com uma só porta de frente e, nem sempre, uma estreita janela pregada à trave do teto, sem ar, sem luz...".

    Foi assim até 1720, quando começaram a aparecer os primeiros melhores edifícios como a primitiva Matriz de Ouro Preto, ainda assim de tão precária construção (era toda de taipa e adobos), que dez anos depois ameaçava ruína e foi mister reconstruí-la.

    Esse ano de 1720 foi o mais atormentado na crônica das minas. Todo o mundo conhece a história da sedição de Vila Rica ou pelo menos ouviu falar na figura do conde de

Assumar, a cujo respeito se formou uma lenda de maquiavélica crueldade.

Diogo de Vasconcelos, que tudo sabia de Minas, no exame que fez dos documentos e sucessos da época mostra o exagero desse julgamento oriundo dos adversários do conde – o clero e os negocistas reinóis desviadores de ouro – e repetido pelos primeiros historiadores. Não havia a menor parcela de idealismo liberatório nos manejos daquele movimento, a que quiseram mais tarde emprestar um cunho nacionalista. A verdade é que o conde de Assumar venceu contra aquela gente sobretudo com o apoio dos paulistas.

Para se imaginar o que era então a Vila Rica basta recordar que os conspiradores da sedição contra o conde se reuniam no morro de Santa Quitéria, que é onde hoje está a igreja do Carmo. Antônio Dias e Ouro Preto ainda eram arraiais separados por meia légua de mato de morro acima.

A época em que a abundância do metal extraído atingiu o máximo ocorreu entre 1725 e 1750. A festa que marca o fastígio da riqueza teve lugar em 1733 e foi a procissão de trasladação do Santíssimo da capela do Rosário para a matriz de Nossa Senhora do Pilar. Essa festa ficou conhecida pelo nome de Triunfo Eucarístico, título do folhetinho em que Simão Ferreira Machado descreveu a solenidade com um requinte verbal que é de meter inveja aos atuais artífices da prosa.

O cortejo dá bem ideia do luxo incrível que contrastava com o quadro da edificação. Danças de Turcos, danças de Romeiros, os quatro Ventos vestidos à trágica, os sete Planetas precedidos da Fama, a igreja matriz, os dois morros que limitam a Vila – Ouro Preto e Ouro Fino, tudo isso personificado, desfilou em cavalos de preço, no meio de uma multidão de figuras secundárias – ninfas, anjos, pajens, trombeteiros... Seria como um de nossos préstitos

do carnaval em que o pechisbeque fosse substituído pelos metais nobres e os vidrilhos por diamantes legítimos. Tome-se ao acaso uma das personagens da procissão, a Fama por exemplo. Assim a descreve Simão Ferreira: "Cingia-lhe a cabeça um precioso toucado de flores de diamantes, dando por um lado ao vento uma haste de finíssimas plumas brancas: o peito bordado de ouro e vária pedraria, de que sobresaía elevado um broche de diamantes: o capilar de seda branca de flores de ouro: os fraldões da mesma seda, cingidos de franjas de ouro: saíam-lhe das costas duas asas de penas brancas matizadas de folhas de ouro".
Ouro, ouro, ouro... As menores figuras, como romeiros e gaiteiros, iam ricamente vestidas. A mesma pompa era de observar no desfile das ricas irmandades: guiões de damasco franjados de ouro, cruzes, varas e tocheiros de prataria do Porto, andores de talha dourada com imagens recamadas de peças de ouro e diamantes, cobertas de mantos de brocado com bordadura de pedraria... Depois o Clero das duas paróquias da vila no esplendor litúrgico das dalmáticas, das sobrepelizes, das casulas, manípulos e estolas, paramentos cuja riqueza e bom gosto são ainda hoje atestados pelas esplêndidas peças que se conservam nos gavetões da sacristia da matriz de Ouro Preto. Fechando o préstito, o conde das Galveias, governador das minas, cercado do Nobre Senado da Câmara e de toda a nobreza militar e acompanhado do terço de Dragões. Tudo isso era, como escreveu o conceituoso Simão Ferreira "vagaroso empenho da vista, continuado novidade dos olhos, agitada esfera de riqueza, móvel aparato da magnificência"...

Essa cerimônia de singular grandeza, mesmo descontadas as prováveis mentiras do autor do "Triunfo Eucarístico", erraria muito quem a imaginasse hoje no quadro de uma Vila Rica que fosse a Ouro Preto de agora restituída à vida opulenta e à feição brilhante do tempo da mineração.

Na realidade o quadro era outro e bem pobre. A taipa e o adobo ainda não haviam cedido lugar ao belo granito do Itacolomi, pela primeira vez aproveitado em 1738, quando começou a construção do Palácio dos Governadores. Nenhum dos grandes templos existia. A própria matriz, como se vê hoje, é reconstrução de 1825 e 1848. Da igreja de 1723 o que resta é a parede do lado da Epístola e o maravilhoso interior, maravilhoso apesar das borraduras a óleo sob que esconderam o ouro magnífico das suas talhas.

Quem aceitaria uma Ouro Preto sem o Carmo, sem São Francisco, sem a Casa dos Contos, sem a Cadeia e o Palácio, sem os fortes sobrados de cunhais de pedra da rua Direita? Pois nada disso existia em 1733. Onde hoje está a praça havia apenas um caminho que subia de Antônio Dias, descia até o córrego do Xavier, galgava o adro da capela de São José, donde para chegar à matriz carecia fazer a volta pela rua da Ponte Seca.

Só na segunda metade do século XVIII é que Vila Rica principiou a tomar o aspecto atual. A construção do Palácio novo, começada em 1738, marca o início da boa arquitetura de pedra argamassada. As pontes datam a de São José ou dos Contos de 1744, a do Rosário de 1753, a de Antônio Dias de 1755. O chafariz do Largo dos Contos é de 1760. O Carmo foi levantado de 1766 a 1772. São Francisco de Assis em 1772 tinha prontas as paredes e o arco da capela-mor e só em 1794 se lavrou termo de entrega das obras. A planta de Calheiros para a igreja do Rosário data de 1785. Deste mesmo ano data também o início das obras da Cadeia. São Francisco de Paula é do século seguinte.

Como se vê, a cidade cujo ar de prestigiosa velhice tanto nos enternece, pode-se dizer que é de ontem. O que lhe deu aquela feição de tão nobre antiguidade foi a decadência rápida e súbita da nossa arquitetura tradicional por toda parte.

No fim do século XVIII, tomando a cidade o cunho arquitetônico no qual se imobilizou, veio sagrá-la espiritualmente o idealismo da Inconfidência.

Os poetas fazem esforços desesperados para manter em alguma consistência a lenda dos amores do doutor Gonzaga. Mas parece que não bastam para isso os versinhos e bordados do desembargador. A lenda cada vez mais se esboroa, tal como as paredes da casa de Marília. Os amores de Dirceu e Marília foram afinal um namorico meio sem graça que não dá para ambientar passionalmente a cidade de Albuquerque. Lá pensei muito mais na sombria história do coronel Antônio de Oliveira Leitão, que apunhalou a filha na véspera do Natal de 1720. As duas grandes sombras de Ouro Preto, aquelas em que pensamos invencivelmente a cada volta de rua, são o Tiradentes e o Aleijadinho, justamente os que em vida se nomearam por alcunha ou dolorosa ou ridícula.

Ao Aleijadinho só agora se começa a fazer justiça. A sua obra foi a flor extrema do luxo de um século de mineração. São Francisco de Assis de Ouro Preto é a obra de arte mais comovente de todo o Brasil. Ali, tanto no interior como na frontaria e nas arcadas dos lados, está marcado o mais generoso esforço de criação do gênio mestiço da nossa gente: arte de uma saúde, de uma robustez, de uma dignidade a que nenhum outro artista atingiu entre nós. Antônio Francisco Lisboa tratou o barroco, renovando-o com um espírito de criação verdadeiramente genial: adaptou-o ao ambiente rude da capitania mineira. Em São Francisco não se encontra aquela atmosfera de exasperado misticismo dos outros interiores barrocos. Nisso é bem diferente de São Francisco de Assis na Bahia, de São Francisco da Penitência e São Bento no Rio, da Misericórdia em Olinda. Nas claras naves do Aleijadinho dir-se-ia que a crença não se socorre senão da razão; não há nelas nenhum apelo ao êxtase, ao misticismo, ao alumbramento.

São Francisco é quase toda, não é toda de Antônio Francisco. Nela colaborou um artista, cujo nome, também obscuro em relação ao seu extraordinário mérito, andou frequentemente associado ao do Aleijadinho nas obras do tempo: o pintor Manuel da Costa Ataíde. Se não tem a genialidade criadora do arquiteto-escultor, com mais razão se admirará nele a espontaneidade dos seus dons, que o teto da nave de São Francisco atesta na grandiosa composição do Triunfo da Virgem. Aliás toda a pintura e douramento da igreja é obra dele.

As portas, tanto as principais como as laterais, são trabalho de Lucas de Jesus, e o tapavento da entrada é de Manuel Gonçalves Bragança, escultor exímio, tanto que ao Aleijadinho tem sido atribuída a bela tarja do frontispício de Nossa Senhora das Mercês de Ouro Preto. (A autoria de Gonçalves foi verificada nos arquivos da irmandade pelo senhor Furtado de Menezes – vide monografia sobre "A religião em Ouro Preto").

Muitas obras de arquitetura e escultura em Ouro Preto estão pedindo um exame crítico e busca em arquivos para decidir da sua verdadeira autoria. A Cadeia, por exemplo, foi atribuída sucessivamente ao sargento-mor Alpoim e ao doutor Antônio Calheiros, autor do plano do Rosário de Ouro Preto e Carmo de Mariana. Entretanto o senhor Feu de Carvalho, num paciente trabalho de pesquisa (*Revista do Arquivo Público Mineiro* – 1921) veio a descobrir que ela foi toda concepção e desenho do próprio punho do governador Luís da Cunha Menezes, arquiteto de grande talento. O edifício, porém, só ficou acabado nos meados do século seguinte. De quem serão as curiosas estátuas simbólicas (Justiça, Lei, Temperança e Força) que coroam os cantos da balaustrada? Contaram-me em Ouro Preto que essas figuras entusiasmaram mais que tudo a Blaise Cendrars quando o francês esteve por lá.

Depois de conhecer Ouro Preto, tive curiosidade de ler as impressões dos viajantes estrangeiros que escreveram a respeito dela. Anteriormente ao século XIX só se conhece o livro de Antonil, contemporâneo da fundação, quando aquilo era um imenso arraial de 30 mil almas sobre as quais não havia coação ou governo algum bem-ordenado, "nem ministros nem justiças que tratassem ou pudessem tratar do castigo dos crimes que não eram poucos, principalmente de homicídios e furtos". Era um agrupamento tumultuário de aventureiros que desperdiçavam o ouro em jogo e superfluidades. Foi o tempo em que os homens de cabedal pagavam mil cruzados por um negro trombeteiro e dois mil "por uma mulata de mau trato". No meio dessa população áspera e sôfrega dos catadores circulava uma turba de vadios que iam às minas para tirar ouro "não dos ribeiros mas dos canudos em que o ajuntam e guardam os que trabalham nas catas". Eram tantos os crimes, tão lamentáveis as traições, tão desregrado o viver, que Antonil remata o quadro dos danos causados ao Brasil pela cobiça das minas com estas palavras sinistras como uma praga: "Nem há pessoa prudente que não confesse haver Deus permitido que se descubra nas minas tanto ouro para castigar com ele ao Brasil".

Durante o século XVIII nenhum outro estrangeiro escreveu sobre as minas. O próprio *Tratado da Opulência e Cultura do Brasil*, apesar de ter passado por todas as censuras civis e eclesiásticas, foi depois perseguido pelo governo português, só tendo divulgação na 2ª edição de 1838.

Mawe, geólogo inglês, foi o primeiro estrangeiro que, já no século XIX, obteve licença para visitar a zona mineira e o distrito dos diamantes. O primeiro aspecto da cidade decepcionou-o. Ele vinha com a cabeça cheia das tradições do século anterior, que davam a pobre vilazinha de terrenos regurgitantes de ouro como a cidade mais rica do mundo. "Apesar de situada em eminência bastante elevada, o seu aspecto não é nem imponente nem notável. Nada na vizinhança corresponde à magnificência do seu nome". O clima lhe pareceu agradável, "semelhante talvez ao de Nápoles".

Encantaram-no os jardins e pomares da cidade: "Jardins plantados com muito gosto e cuja singularidade de arranjo apresenta espetáculo deveras curioso. (Falava da disposição em socalcos sucessivos). Essas *terrasses* me pareceram o verdadeiro império de Flora. Nunca vira eu tão grande quantidade de belas flores, excelentes hortaliças, alcachofras, aspargos, espinafre, couves...". Cita com entusiasmo um pé de couve de 14 polegadas de diâmetro.

Nada disso vê o viajante de agora. É verdade que sete anos depois Saint-Hilaire, descrevendo os mesmos jardins, caçoa de Mawe. "São esses jardins (jardinzinhos malcuidados... Laranjeiras, cafeeiros, bananeiras plantadas quase sempre sem ordem... A couve, o principal legume... Entre as flores as preferidas, cravos e rosas de Bengala), são esses jardins que um viajante acreditou poder chamar pomposamente o *reino de Flora*".

As casas das pessoas da alta classe pareceram a Mawe muito mais cômodas e mais bem mobiliadas que as do Rio e São Paulo. Os leitos sobretudo mereceram-lhe descrição: "Nunca vi camas tão magníficas como as das pessoas ricas desta capitania, sem excetuar mesmo as da Europa. Os pés de bela madeira, ornados de caneluras ou esculturas, fundo de madeira ou guarnecido de couro, lençóis de linho fino bordado de rendas com nove polegadas de largura. Travesseiros envolvidos em tafetá róseo coberto de bela musselina guarnecida de larga renda. Colcha de damasco amarelo bordado como os lençóis e travesseiros".

Como até hoje, a rua Direita (Bobadela atual) era a mais bonita. Mas não se vê mais como no tempo de Mawe "nos cantos das ruas grupos de pessoas da baixa classe diante das imagens da Virgem colocadas em nichos". Ainda existem alguns desses oratórios, porém estão sempre fechados. Havia teatro com "cenários bonitos e atores passáveis". Saint-Hilaire passou por Ouro Preto em 1816. Melhor que ninguém fixou o aspecto sombrio, devastado, melancólico da paisagem ouro-pretense. Tanto Saint-Hilaire como Mawe falam com interesse da manufatura local de faiança. O francês elogia a forma dos vasos e aponta como defeito o verniz demasiado espesso.

Para ele a fábrica de Vila Rica acabaria rivalizando com as da Europa, se os habitantes do país, "escutando a honra e o interesse, quisessem fazer esforços para sustentar aquela manufatura".

Parece que os habitantes do país não escutaram nem honra nem interesse... A manufatura desapareceu. No entanto os mineiros dispõem de uma terra de porcelana que a Mawe se afigurou superior à empregada em Sèvres. Ela provinha do morro de Santo Antônio, perto de Congonhas do Campo. Saint-Hilaire notou com espanto que os mineiros, apesar de orgulhosos de sua pátria, não falavam senão com desprezo da única manufatura que possuíam e cujos defeitos exageravam.

Como todos os estrangeiros, queixou-se o naturalista de não ter avistado as mulheres. Apenas uma vez teve ocasião de observá-las no palácio do governador em noite de baile. "Ficamos surpresos de não encontrar a tão grande distância da costa diferença mais sensível entre as maneiras das senhoras e as das europeias". Dançou-se. Fez-se música. "Algumas damas cantaram muito agradavelmente". No meio da festa apareceu uma mulata que dançou o fandango, e aquelas senhoras, às quais apenas lhe fora lícito dirigir a palavra, "permaneceram tranquilas espectadoras de dança tão livre", sem escândalo de ninguém.

Em dias subsequentes Saint-Hilaire visitou os maridos, que eram as principais personagens da cidade. Mas ficou desapontado de não pôr os olhos em nenhuma mulher...

As impressões de outros estrangeiros ilustres coincidem. Há sempre um ar de decepção ante a decadência da cidade. Nenhum sentiu a emoção que ela desperta nos nacionais. O pitoresco a que os estrangeiros de agora são tão sensíveis, não podia impressionar muito os viajantes do século passado, pois a arquitetura colonial dava o mesmo caráter às cidades do litoral – Recife, Bahia, Rio. Luccock, que residiu no Brasil de 1808 a 1818, também viajou por Minas e parou em Ouro Preto. A má situação da cidade impressionou-o. Só mesmo o amor do ouro podia ter levantado uma cidade em tal lugar, diz ele. Materialmente a cidade agradou-lhe. Um quinto das suas 2 mil casas de então lhe pareceram boas, alguns dos edifícios públicos apresentando certo ar de grandeza "desconhecido nas outras cidades do Brasil". E notou as fontes "de nobre estrutura". O que lhe desagradou foi a aparência e maneiras dos vila-ricanos em geral. Falava naturalmente da gente que via de ordinário nas ruas, onde a predominância era de negros e mulatos, a maioria viciados e miseráveis. Observou que as práticas religiosas da Ave-Maria junto aos oratórios e as grandes cerimônias da igreja deixavam *unaffected* o coração dessa canalha e cita o caso de um sujeito que tirava a reza aos pés da Virgem e conversava de insignificâncias quando acabava a sua parte.

Outro inglês, o reverendo Walsh, que passa por ter injuriado o prestígio britânico no Brasil, tais coisas espalhou de nós, todavia falou de Ouro Preto com muita inteligência e simpatia. As suas impressões são de 1828-1829. Ouro Preto já era a Imperial cidade. Não teve o reverendo ânimo de se instalar na hospedaria para onde o levaram – "um grande casarão com frontaria ornamentada, molduras e cornijas nas janelas e tetos, com balcões e varandas de estilo respeitável", mas inteiramente em pedaços. Devia ser a mesma estalagem de que falou mais tarde Castelnau como a pior do mundo, "como talvez nem mesmo na Espanha se pudesse encontrar".

Walsh admirou-se de encontrar nas lojas toda a sorte de manufaturas inglesas – algodão de Manchester, lãs finas de Yorkshire, meias de Nottingham, chapéus de Londres, cutelaria de Sheffield (Mawe observara a mesma coisa), "tudo tão abundante e barato como nas cidades em que se manufaturavam". O seu sentimento patriótico inchou tanto que extravasou num hexâmetro da *Eneida*.

A vista do alto da praça lhe pareceu realmente bonita. "Nove igrejas dão à cidade um ar de importância considerável. Com efeito, essas igrejas são uma feição característica do Brasil em toda a parte". De resto, acrescenta, tudo o que feria a vista do estrangeiro lembrava-lhe que a cidade fora outrora um lugar de grande opulência e importância, e ainda próspera, embora decadente.

Depois de Walsh, veio Gardner, que aqui se demorou entre 1836 e 1841, colhendo material para o Jardim Botânico de Ceilão, de que era superintendente. Gardner diz pouco de Ouro Preto, cujo aspecto achou menos majestoso que o de Mariana, não por falta de grandes edifícios, mas pela irregularidade do sítio. Das igrejas salientou a do Carmo, que lhe pareceu a mais bela. Fala da existência de quatro jornais, dois governistas e dois oposicionistas, e cuja matéria era toda de natureza política. Pudera! Era o tempo em que a província estava toda dividida pelas lutas da Regência e da Maioridade, e naturalmente daqueles quatro jornais dois eram "caramurus" e dois "chimangos"...

O francês Castelnau esteve em Ouro Preto no governo do general Andréia. Foi o que levou vida mais gozada. Logrou penetrar no salão da senhora Ferraz, onde passou noites bem agradáveis no seio de uma sociedade numerosa e "digna de nota pela elegância e pelas maneiras". Os habitantes de Ouro Preto lhe pareceram mais adiantados que os da maior parte das cidades do Brasil. Castelnau, talvez pelas boas apresentações que trazia, pôde desfrutar livremente da sociedade feminina, onde conheceu várias senhoras "notáveis pela boa educação que haviam recebido". Ou então os hábitos mouriscos de retraimento e reclusão já tinham cedido lugar à sociabilidade que se manteve até à mudança da capital.

Duas coisas aborreceram Castelnau nos ouro-pretanos: o costume de queimar bombas de estouro e de *beugler devant les madones*. Os turistas de hoje podem ficar descansados: nada perturba agora o sono dos viajantes senão, uma vez ou outra, alguma rapaziada de estudantes.

O estrangeiro que mais escreveu sobre Ouro Preto foi o inglês Burton, que a visitou em 1867. Burton hospedou-se na rua de São José. Fez uma volta pelo lado leste, outra por oeste. Os seus comentários de humanista citador de latim têm bastante sabor.

O latinista não perdoa o mau latim dos chafarizes. Citando os hexâmetros da fonte dos Contos, graceja: "A água é melhor que a latinidade". Aliás, seria difícil encontrar fora do século de Augusto latinidade com a pureza da água de Ouro Preto.

A respeito de Marília consigna que se casou e foi mãe de três filhos, um dos quais era o doutor Anacleto Teixeira de Queiroga. "Talvez agora seja ela mais conhecida como *a mãe do dr. Queiroga*".

Fisicamente Ouro Preto pareceu-lhe indigna da vasta província que governava. "Mesmo em S. Paulo seria apenas uma cidade de segunda ordem". As igrejas, cujo encanto caracteristicamente brasileiro impressionou o seu compatriota Walsh, afiguravam-se a Burton como enormes paióis (*huge barns*), destituídos de gosto e apenas vistosos internamente. Mal deu um *handsome* ao exterior de S. Francisco, passando sem uma palavra de louvor pelas talhas do *ubiquitous little Cripple*.

Dos nossos homens de letras que se ocuparam de Ouro Preto há dois que importa ler: Diogo de Vasconcelos e Afonso Arinos.

O primeiro foi o seu grande historiador. Tendo vivido sempre lá e sempre entregue às pesquisas e estudos sobre o passado da sua província, os seus dois volumes da *História Antiga e Média das Minas Gerais* evocam com admirável inteligência e honestidade a tumultuosa formação da capitania. No seu sítio de Água Limpa o velho Diogo encarnava todas as tradições gloriosas da cidade, cuja crônica reconstituiu, senão com brilho e outras excelências de estilo, todavia com o senso penetrante do passado. Na Ouro Preto de agora falta um monumento – a herma do seu incansável cronista.

Afonso Arinos residiu alguns anos em Ouro Preto, no tempo em que ela ainda vivia da sua "profissão de capital", como disse Burton. A sua *Atalaia bandeirante* representa uma vista panorâmica da cidade olhada do alto do caminho das Lajes, mas um panorama com a quarta dimensão do passado, que a cada detalhe urbano ele rememora em traços agudos e sóbrios. Em Ouro Preto ainda se recorda a sua elegância impecável, o requinte das suas roupas e das suas maneiras. No seu tempo a cidade vivia ainda com um certo brilho mundano que a mudança da capital arrebatou.

Hoje ela é a cidade dos estudantes. São eles que lhe dão vida e animação. Depois do jantar descem os rapazes das Lajes, onde as repúblicas alternam com os casebres das mulatinhas besuntadas de *rouge* e pó de arroz, e vêm cruzar as calçadas e encher os cafés tão simpáticos da rua de São José. Está claro que as mocinhas da cidade estão por ali também, passeando de braço dado. Naturalmente que se namora... Não há mais ouro, mas ainda lhe resta à Imperial cidade essa outra coisa mais preciosa que o ouro – a mocidade, sorriso da velhice da Vila Rica de Nossa Senhora do Pilar.

BAHIA

Nunca vi cidade tão caracteristicamente brasileira como a "boa terra". Boa terra! É isso mesmo. A gente mal pisou na cidade baixa e já se sente tão em casa como se ali fosse a grande sala de jantar do Brasil, recesso de intimidade familiar de solar antigo com jacarandás pesados e nobres.

Ali a gente se sente mais brasileiro. Em mim confesso que, mais forte do que nunca, estremeceram aquelas fundas raízes raciais que nos prendem ao passado extinto, ao presente mais remoto. Raízes em profundidade e em superfície. E fiquei comovidíssimo, querendo mais bem não somente aos baianos, com que ali me irmanava, senão também aos patrícios mais afastados ou mais esquivos – paulistas, acreanos, gaúchos, mato-grossenses. Comoção brasileira, como experimentei também vendo o coro de anjinhos mulatos de Tarsila do Amaral.

Um espírito amargo me foi logo advertindo à minha chegada:

— Vai ter uma péssima impressão disto aqui. Cidade sem higiene, sem água, esgotos, sem iluminação.

Que bem me importava tudo isso! Estou farto de tanta higiene imbecil e de tanta luz crua voltaica. Um dia virá em que um governador bem-nascido dará aos baianos todos esses bens preciosos. Não lhes dê, porém, luz de mais, como fizeram a este Rio de Janeiro, que parece automóvel noturno de novo-rico. O que ninguém lhes poderia dar é aquele aspecto tradicional, tão diferente do das velhas cidades mineiras, porque na Bahia a tradição está viva, integrada no presente mais atual, dominando estupendamente o progressismo apressado, sovina e tapeador que tem desfigurado as nossas cidades litorâneas, que estragou completamente o meu Recife.

Há muita gente ingênua para quem progresso urbano é avenida e arranha-céu. Modernidade – asfalto e cimento armado. Pois eu estou pronto a sustentar para essas sensibilidades modernas, que os tais arranha-céus cariocas não passam de casarões passadistas de muitos andares, ao passo que os velhos sobradões de duas águas da Bahia, com três, quatro andares e soteias, obedecem à estética despojada, linear, sintética dos legítimos arranha-céus.

O que surpreende nos arquitetos e construtores do período colonial, do primeiro império e primeira metade do segundo, é essa adaptação ao ambiente, às necessidades arquitetônicas, à natureza do material.

Eles bem que enfeitavam com amor e capricho um solar térreo ou de dois pavimentos. Mas nos tais sobradões, que nada! Serviam-se de linhas simples e poucas, dispondo dos claros com uma ciência ou intuição admirável da assimetria. O que há de variedade nas fachadas dos oitões! Um velho quarteirão baiano lembra muito as sínteses plásticas dos pintores modernistas quando representam uma cidade.

Não se pense que não tenham feito tolices na Bahia. Tanto a administração pública como os particulares. A casa da Câmara Municipal, por exemplo, que deve ter sido um bonito edifício, está inteiramente desfigurada. O palácio do governo é monstruoso, e faz rir o espetáculo das lápides que assinalam em inscrições bem legíveis os nomes do governador que ordenou a obra, do arquiteto que a planejou, dos mestres de obra que a executaram, dos engenheiros civis que serviram na fiscalização. Mas repito: o velho ambiente, pela abundância e força de suas formas, abafa o mau gosto das construções recentes.

Foram dias de tocante contemplação esses em que andei pelas praças, ruas e becos da Bahia na companhia do guia mais inteligente e mais solícito que se me podia deparar: Godofredo Filho.

Foi graças a Godofredo Filho que pude conhecer muita curiosidade escondida da boa terra.

Não comi, como os viajantes de escala, os vatapás e carurus da Petisqueira, pratarrazes comerciais afinal de contas. Godofredo levou-me com mistério à cozinha modesta onde a gorda preta Eva preparava, com a simplicidade do trivial mais fácil, as mais estupendas misturas de dendês e pimentas queimadas que já provei na minha vida. Era passar lá às 9 da manhã e encomendar: peixada de muqueca, ou vatapá, ou caruru, ou efó, ou galinha de ó-xin-xin. Quando se voltava ao meio-dia encontrava-se um prato cheiroso e complicadíssimo que parecia exigir um mês ao menos de manipulação. E aparecendo de improviso era quase a mesma coisa.

Mas é tempo que eu comece a falar do que há de mais belo na Bahia – as suas igrejas. E em primeiro lugar da mais rica maravilha de todo o Brasil: a igreja de São Francisco.

Os críticos de arte europeus não poupam o estilo barroco, considerado por eles como uma degenerescência do renascimento.

É a época da decoração pela decoração, diz Reinach, intervindo em toda a parte e a contrassenso, comprazendo-se numa visão quase febril de linhas atormentadas e de relevos imprevistos. Entretanto, depois de dizer "que o gênio da Renascença acabou por afundar naquela orgia decorativa", acrescenta: "não sem ter produzido, todavia, até ao fim do século XVIII, edifícios notáveis pela ousadia e elegância".

O interior da igreja de São Francisco na Bahia é um desses exemplos de barroco depurado e harmonioso. Por prodigioso que seja o trabalho de talha dourada, não deixando pedaço nu de parede, nunca a abundância e a riqueza da ornamentação obscurecem o relevo das grandes linhas, sempre bem acusadas em toda a sua força e majestade.

Em nossa terra exuberante, onde a natureza dá o modelo do mais fantástico capricho de curvas, o barroco é o grande estilo religioso. Os nossos maiores sentiram isso. Agora é que deram para um gótico mofino, um gótico pobre, quase protestante, que destoa insipidamente no céu brasileiro. Pois essa gente não compreende que o ogival foi uma coisa que aconteceu na França e acabou-se? Todos esses nossos góticos de meia-tigela não valem a igrejinha pobre de Mangaratiba ou outra qualquer capelinha caiada de arraial.

A história da igreja e convento de São Francisco está minuciosamente contada no *Orbe Seráfico*, de frei Antônio de Santa Maria Jaboatão.

Convidados por dom Antônio Barreiros, bispo de São Salvador, vieram os franciscanos à Bahia, onde levantaram no ano de 1587 um pequeno convento e igreja no mesmo local do templo de hoje.

Um século mais tarde, convento e igreja já eram acanhados para o desenvolvimento da ordem e da cidade, razão pela qual se pensou em erguer casa mais vasta e mais rica.

As obras do novo convento começaram em 1686. Em 1708 lançava-se a pedra fundamental da igreja, segundo consta do *Livro dos guardiães*:

"Ao 1º de novembro de 1708 benzeu a primeira pedra o ilmo. sr. d. Sebastião Monteiro da Vide, arcebispo metropolitano deste Estado do Brasil, e a lançou no fundo a uma parte do Cruzeiro, quer dizer, onde se cruzam os arcos da capela-mor e da nave transversal, junto com o sr. Luís César

de Menezes, governador-geral. Esta memória se lançou neste livro para que se saiba a todo o tempo, e nos mostremos agradecidos a este povo da Bahia, e seu Recôncavo; pois nos deram esmolas com que fizemos este Convento, e imos fazendo este templo tão grandioso".
Era então guardião frei Vicente das Chagas.
Já em 1713, ainda longe de completado o templo, rezava-se nele a primeira missa para celebrar a festa do Seráfico Patriarca.
Assim reza o cronista do *Livro dos guardiães*: "A 8 de outubro de 1713, véspera de N.P.S. Francisco, de tarde, benzeu a igreja deste Convento o ilmo. sr. arcebispo desta metrópole d. Sebastião Monteiro da Vide, e se fez uma procissão pelas ruas da cidade com aplauso e contentamento universal de todo o povo. Levou o Santíssimo Sacramento o sr. arcebispo, o qual, recolhida a procissão, o colocou na igreja, e ao outro dia, que foi de N.P.S. Francisco, celebrou a primeira missa, dizendo-a de Pontifical, o dito senhor".

Os trabalhos de construção propriamente estavam concluídos em 1723, mas a decoração interna se prolongou ainda por muitos anos, só ficando pronta em 1750.

Levou, pois, 42 anos o acabamento daquela grandiosa fábrica.

Há mais de duzentos anos lá está ela, piedosamente conservada pelo zelo religioso e artístico dos irmãos de São Francisco.

Tempo houve em que a mão do tempo exerceu o seu estrago. O decreto da Regência que restringia às ordens a faculdade de admitir noviços (1834) e o do governo imperial que de todo a retirava (1855), causaram o despovoamento dos conventos, cujos patrimônios artísticos entravam a arruinar-se por falta de zeladores.

Felizmente a República restaurou a liberdade de profissão religiosa. Da Europa, sobretudo da Alemanha, nos vieram numerosos religiosos de São Francisco, e estes puseram logo mãos à obra de reparação da majestosa casa.

Compõe-se o interior de uma vasta nave central, ladeada de duas mais baixas, abrindo-se para ela em quatro arcos e com três capelas, cada uma.

A nave principal é cortada em cruz por uma nave transversal, em cujos extremos estão colocados os altares de Nossa Senhora da Glória e do Sagrado Coração de Jesus, primitivamente de São Luís e mais tarde do Senhor Santo Cristo da Boa Sentença, ambos talvez mais ricos do que o santuário.

As balaustradas que separam as naves laterais da central foram talhadas em jacarandá por um irmão da ordem, frei Luís de Jesus, mais conhecido por frei Luís Torneiro.

Era um artista habilíssimo, que, além daquela talha notável, deixou as mesas e os ricos armários da sacristia, as cadeiras e estantes do coro e a escadaria que leva ao primeiro andar do convento, tudo de jacarandá.

Os tetos são admiráveis. O da nave principal faz meia volta junto às paredes, sendo o mais corpo de esteira aquartelado com painéis de molduras douradas. Os das capelas laterais são abobadados, com arcos de barretes de talha. A abóboda da capela-mor retém longamente a vista do observador pela engenhosidade com que o artista obteve o forte e rico efeito de girândola pela simples combinação de hexágonos e octógonos.

Escreveu o autor do *Orbe Seráfico*:

"Depois do material das suas paredes, se cuidou logo no seu interior ornato, mandando-se fazer retábulos, forros, douramentos, grades, sepulturas de mármore, e o mais na perfeição e grandeza que se vê... e tudo a benefício e esmolas do povo em comum, e de muitos benfeitores em particular para que assim seja melhor servido, e mais glorificado Deus em si, e nos seus santos, que é o princípio e fim para que se ordenam os templos...".

Entre esses benfeitores a que se refere frei Antônio de Santa Maria Jaboatão, está em primeiro lugar el-rei dom João V, que fez vultosas doações ao convento. Foi ele quem mandou revestir de painéis de azulejos o claustro do convento; que custeou o douramento do altar de Santo Antônio e a este santo conferiu o posto de capitão intertenido do forte de Santo Antônio da Barra. Também foram oferta real as duas belas pias de mármore português.

Doação magnífica foi a do capitão Antônio de Andrade Torres: a maravilhosa lâmpada da capela-mor, toda de prata maciça do Porto, medindo mais de dois metros de altura e pesando oitenta quilos.

Os irmãos franciscanos têm especial ufania em mostrar aos visitantes, como a mais bela imagem do Brasil, a figura em madeira de São Pedro de Alcântara, obra do escultor baiano Manuel Inácio da Costa. É realmente uma escultura notável pela expressão de sofrimento estampada no rosto e nas mãos. Quando dom Pedro II visitou o convento, em 1859, ficou tão impressionado pela imagem do seu padroeiro que se propôs a adquiri-la pela quantia de trinta contos. Não o conseguiu.

Também de Manuel Inácio da Costa são as belas imagens da Virgem da Conceição, da Senhora de Sant'Ana e de Santo Antônio. No nicho em que se abriga este último venerava-se antigamente a milagrosa imagem de Santo Antônio de Arguim, festejado anualmente pela Câmara e povo, por ter sido ele o protetor da cidade contra os invasores holandeses.

A imagem de Nossa Senhora da Piedade, também notável, é obra de outro escultor baiano – Antônio de Sousa Paranhos.

Frei Matias Teves, de cuja monografia colhemos os dados para estes informes, faz esta admirada interrogação: considerando as condições do tempo e das circunstâncias em que foi planejada e executada obra tão grandiosa, como foi isso possível? Que homens eram estes que, só duzentos anos depois do descobrimento, num meio apenas iniciado na civilização, longe dos elementos que na velha Europa favoreciam o desenvolvimento das belas-artes, provocaram no Brasil uma primavera de arte, exuberante e encantadora, de que o nosso templo é testemunho magnífico e glória imorredoura?

Anexado ao templo está o formidável edifício do convento, cujos fundos dominam com quase centena e meia de janelas o casario da cidade baixa.

As celas são pobres, segundo os votos da ordem. Além do claustro de azulejos, a que já nos referimos, delicioso retiro de contemplação, é digna de nota a sala da biblioteca, sem riqueza mas de harmoniosíssimo efeito nos seus azuis e rosados de tijolo.

Modesto é o convento dos frades carmelitas. Modesto em comparação com o de São Francisco, pois se trata também de uma imponente mole, onde outrora vivia uma multidão de frades. Hoje são apenas cinco monges, insuficientes para zelar pela grandeza do edifício. O tempo, os maus abades, os ladrões despojaram a casa de muitos primores. Contudo, ainda resta o que ver, e o guardião atual defende com solicitude o patrimônio restante.

Não se imagina o que é por esse Brasil afora a pilhagem das igrejas pelos antiquários! Quando visitamos o convento do Carmo, andava o abade às voltas com dois sujeitos que havia uma semana o sitiavam para comprar por bom preço a linda mobília joanina que guarnece a sala histórica em que os capitães holandeses assinaram o tratado de entrega da cidade.

Pela famosa cadeira de dom João V já houve quem oferecesse 35 contos. Quando dom João regente passou pela Bahia, hospedou-se num solar (hoje desfigurado!), fronteiro ao convento. E fazia transportar à capela dos carmelitas a poltrona de jacarandá e assento de couro furado, em que rezava o ofício com os frades. Retirando-se para o Rio, fez doação da cadeira ao convento. Está hoje na sacristia, exposta como uma joia.

Na igreja são dignos de nota os grandes tocheiros de prata maciça, tão pesados que os ladrões não lograram carregar quando de uma feita assaltaram o templo, o revestimento do altar-mor igualmente de prata todo ele, e a lápide singela que cobre os despojos do conde de Bagnuolo.

O convento de São Bento já não foi obra daqueles homens de que se espantou frei Matias Teves. A casa está toda infiltrada de mau gosto e da mediocridade do estilo Sagrado Coração. O velho coro de jacarandá, removido para uma sala interior, onde assenta hoje o cabido, cedeu lugar a um pau amarelo todo requififeado.

Nada que ver, senão uns belos móveis de jacarandá, a livraria e uma pequena lápide quadrada no chão de uma saleta de passagem com esta simples inscrição: "Aqui jaz um pecador". É a sepultura de Gabriel Soares, o do roteiro.

A livraria dos beneditinos é que é notável pelos exemplares raros e preciosos que encerra. Infelizmente os monges são poucos para cuidar convenientemente dos livros, muitos dos quais estão se esfarelando pela ação dos bichos. Entre outras obras de valia vi lá a 1ª edição da *Enciclopédia francesa*, em bom estado.

Godofredo Filho levou-me a quase todas as velhas igrejas da Bahia, bisbilhotando nas sacristias e desvãos escusos para descobrir peças interessantes. Algumas merecem que nos detenhamos um pouco. E para começar, a maciça, sombria Sé Velha, avó rija e venerável. Erguida no sítio onde se levantou a Sé de Palha, primeira igreja construída no Brasil, creio eu, a velha Sé ainda é dos tempos em que as casas de Deus deveriam servir eventualmente de fortalezas, e daí as suas paredes robustas de poucas e acanhadas abertas. A fachada principal, que dá para o mar, era toda de pedra. Como o peso ameaçava esbarrondar o morro, foi ela demolida pelo governador-geral, pensando--se substituí-la por uma frente trabalhada em barro. Coisa que nunca se fez. No interior, rica prataria guardada na pequena capela à esquerda do altar-mor.

A dois passos da Sé Velha fica a pequena igreja da Misericórdia, onde tantas vezes pregou o padre Vieira, com claustro revestido de belos azulejos.

Em estilo mais severo e inteiramente construídas de pedra são as duas igrejas da Conceição da Praia e Catedral. Esta tem a honra de guardar os restos de Mem de Sá no centro da cruz em face da capela-mor e os de Vieira, que estão na primeira capela lateral à direita. No altar-mor se vê o quadrinho histórico da Virgem, ao qual os jesuítas se abraçaram e encomendaram por ocasião do naufrágio de que se salvaram milagrosamente. Era esta a casa dos jesuítas. O colégio ainda se conserva em parte como foi no tempo de Vieira, cuja cela era a última no fundo do corredor.

Outra maravilha, a sacristia da catedral. Imaginem-se duas enormes cômodas de jacarandá de uns sete metros de comprimento, ricamente embutidas de tartaruga e marfim, guarnecidas cada uma com oito pequenos painéis a óleo, cenas bíblicas traçadas com forte ciência de composição e grande doçura de colorido. Essas pinturas suscitaram a cobiça de um rico americano, que ofereceu três contos por painel.

Quanta igreja bonita, meu Deus! São Domingos, ao lado da casa em que nasceu Gregório de Matos, São Pedro dos Clérigos, a pequenina capela do Monte Serrat, a de Nossa Senhora da Graça... Esta foi mandada levantar pela Paraguaçu, segundo reza a inscrição tumular: "Sepultura de dona Catarina Álvares Paraguaçu, senhora que foi desta capitania da Bahia. A qual ela e seu marido Diogo Álvares, natural de Viana, deram aos senhores reis de Portugal. Edificou esta capela de Nossa Senhora da Graça e a deu

com as terras anexas ao patriarca de S. Bento em o ano de 1589".
Tive a sorte de passar na Bahia por ocasião da festa do Senhor do Bonfim. É a grande romaria tradicional, a Penha dos baianos com um pouco de carnaval carioca da praça Onze de Junho, ternos e ranchos de pastorinhas, muito aperto de povo, namoro grosso, barraquinhas de vatapás, carurus e outras ardências negras, isto madrugada adentro dias a fio. Este ano quebrou-se a tradição na cerimônia da lavagem do templo. Em vez de feita pelo potirão de fiéis, que parece dava lugar a cenas folionas por demais, foi ela confiada a meia dúzia de aguadeiros mercenários. Nesses dias toda a população da cidade se desloca para o adro da bonita igrejinha iluminada.
A mania do neocolonial está se apoderando de todo o Brasil. Seria bom que nossos amadores de estilo dessem um pulo à Bahia para sentirem e apreenderem a razão, a força, a dignidade daqueles velhos solares ou dos altos sobradões dos bairros comerciais. Para ver se dariam depois outro rumo a estas tentativas de arte brasileira, que, positivamente, enveredaram por caminho errado aqui no sul, fazendo bonitinho, engraçadinho, enfeitadinho, quando o espírito das velhas casas brasileiras era bem o contrário disso, caracterizando-se antes pelo ar severo, recatado, verdadeiramente senhoril.
Parece que hoje não se gosta mais disso, mesmo na Bahia. Os velhos solares do bairro da Sé estão hoje reduzidos a cortiços de gente pobre, e é mesmo uma impressão curiosa ver o mais reles meretrício da cidade, o meretrício pretinho, aboletado em nobres casarões arruinados, com brazão de pedra ou azulejo sobre as portas de batentes almofadados.
Mas foi talvez essa deserção da burguesia endinheirada que nos preservou os melhores bairros das restaurações em que tudo se abastarda.

Dois antigos solares pelo menos mereciam do governador estadual algum zelo, a fim de se lhes restituir o esplendor passado: o do Saldanha e o dos Aguiares, aquele no centro do bairro da Sé e este num arrabalde.

O Saldanha foi um fidalgo português indicado por el-rei para desposar uma mulata espúria, filha de um riquíssimo senhor de engenho do Recôncavo. O dote era uma fabulosa fortuna. O Saldanha aceitou e parece que foi feliz com a brasileira. A casa que fez levantar para sua moradia ostenta uma grande nobreza de linhas. O pórtico da entrada é uma belíssima escultura em granito. Pude ver o interior, onde hoje está instalado o Liceu de Ofícios, que aluga o antigo salão nobre, de bonito teto apainelado, para sala de projeção de um cinema. E o saguão, que é um magnífico exemplo daquele forte e plácido estilo dos nossos antepassados, está agora cheio dos grandes carões coloridos dos filmes americanos.

Mais lastimável ainda é o estado de degradação do solar dos Aguiares. Reduzido a casa de cômodos. O pátio interno ameaçando ruir. Os lindos azulejos, que contam a história do Filho Pródigo, tão maltratados! Na própria capela duas camas de ferro miseráveis. Cozinhavam a lenha no aposento pegado, de sorte que toda a fumaceira entrava para a capela, enegrecendo irremediavelmente a velha talha dourada do altar...

O ALEIJADINHO

*E*m 29 de agosto de 1930 fez duzentos anos que nasceu em Ouro Preto o artista genial, cujo nome raros saberão por inteiro – chamava-se Antônio Francisco Lisboa, e mais conhecido pelo apelido de Aleijadinho. Na verdade tão mal conhecido.

Foi um estrangeiro, Saint-Hilaire, quem primeiro, creio, chamou a atenção sobre ele, no seu livro de viagens pela Capitania das Minas Gerais. É que o grande naturalista, de passagem por Congonhas do Campo, teve ocasião de ver as estátuas dos profetas, 12 estupendas figuras esculpidas em pedra-sabão que, dos poiais da escadaria do famoso templo do Senhor Bom Jesus, dominam a encosta que leva ao santuário, e as cenas dos Passos da Paixão, um total de 66[1] figuras de tamanho natural, talhadas em madeira, tudo obra de Antônio Francisco. Saint-Hilaire ficou surpreso de encontrar tamanho vigor aliado a tanta ciência de expressão em artista nascido e formado em sertão remoto, tão apartado dos centros de cultura.

Depois de Saint-Hilaire, só uma pessoa, ao que me consta, ocupou-se de tão extraordinário artista, dando-se ao

---

[1] Mário de Andrade, quando esteve em Congonhas, em 1917, contou 74. Não as contei. Fiz o cálculo pelos recibos passados à Irmandade por Antônio Francisco, segundo o padre Júlio Engrácia. [Nota do autor.]

trabalho de indagações e pesquisas de primeira mão sobre a sua vida e obra. Foi o publicista mineiro Rodrigo José Ferreira Bretas, bisavô do meu querido amigo Rodrigo Melo Franco de Andrade.

O trabalho de Rodrigo Bretas foi estampado em 1858 no *Correio Oficial de Minas*, números 169 e 170, sob o título de "Traços biográficos relativos ao finado Antônio Francisco Lisboa" (posteriormente reimpresso na preciosa *Revista do Arquivo Público Mineiro*). Rodrigo Bretas escreveu-o em 1858. Ora o Aleijadinho falecera em novembro de 1814. Quer dizer que o biógrafo ainda conheceu muitos contemporâneos do artista, entre os quais a sua nora Joana, em cuja casa Antônio Francisco passou os últimos dois anos de sua longa e atormentada vida. Os informes de Bretas foram pois colhidos na tradição oral. Embora deixem obscuros uma porção de pontos que seria tão curioso conhecer, todavia ilustram suficientemente a personalidade do artista, que naquela curta notícia avulta em toda a força e originalidade da sua prodigiosa figura.

Daí para cá não se tem feito senão repetir o que escreveu Bretas. Estudo propriamente não existe nenhum sobre o homem que foi, inegavelmente, o maior arquiteto e estatuário que já tivemos.[2]

Na Europa um artista como o Aleijadinho teria dado motivo a toda uma biblioteca. Ele estaria estudado a todas as faces do seu extraordinário gênio plástico, como arquiteto e construtor, como escultor, entalhador e santeiro; a sua obra andaria reproduzida aos milhares em edições de preço; ao par de sua arte assombrosa, a sua vida teria fornecido a poetas e dramaturgos um tema rico das mais patéticas sugestões.

* * *

---

[2] Estas linhas foram escritas antes de 1930. Daí para cá têm aparecido numerosos estudos sobre o Aleijadinho. [Nota do autor.]

Mesmo em Minas, e em cidades onde trabalhou, Antônio Francisco Lisboa é quase desconhecido. O que se sabe dele é a vaga tradição de homem do povo, deformado pela moléstia e capaz de, embora desprovido de dedos (só tinha os índices, e os polegares) talhar santos e virgens que parecem viver e respirar, e isso sem nunca ter recebido nenhuma lição de mestre – em suma gênio absolutamente espontâneo, sem hereditariedade nem cultura. Nessa tradição enxertam-se mesmo algumas lendas, como a que foi referida por Bretas (voltaremos a ela mais adiante) e outra recolhida por mim em São João del-Rei, de caráter popular e tocada de sobrenaturalidade. Ouvi-a uma tarde em que, aberta a igreja de São Francisco para a cerimônia da bênção, aproveitei a ocasião de subir às torres e contemplar ao crepúsculo o panorama da cidade. Contou-me então o meu guia que aquilo era obra de um aleijado "que ninguém sabia de onde viera e, acabadas as obras da igreja, desaparecera, não se sabe também para onde".

O gênio do Aleijadinho era sem dúvida excepcional, mas não foi, como se repete sempre, uma vocação sem raízes de herança e de cultura. Antônio Francisco era filho de Manuel Francisco Lisboa, arquiteto português, no Brasil o melhor arquiteto do seu tempo, autor da igreja da Conceição (matriz de Antônio Dias) em Ouro Preto. O irmão de Manuel Francisco, Antônio Francisco Pombal, construiu e adornou interiormente a matriz do Fundo de Ouro Preto, obra admirável. Antônio Francisco Lisboa tinha pois a quem sair.

Quanto aos estudos, é verdade que não recebeu cultura de humanidades. Frequentou apenas a classe de primeiras letras e talvez a de latim. Sabe-se que depois de adulto a sua principal leitura era a *Bíblia* e livros de medicina: a *Bíblia*, alimento de sua arte, toda ela de inspiração exclusivamente religiosa; os livros de medicina é provável que os lesse em busca de conhecimentos para tratamento e lenitivo de sua medonha enfermidade.

Mas no que respeita à instrução técnica, teve-a e da melhor, porquanto se formou nas oficinas do pai, escola viva, não curso livresco e rotineiro de academias oficiais. Aprendeu os elementos essenciais da técnica. O gênio fez o resto.

* * *

Antônio Francisco era filho de uma africana ou crioula, de nome Isabel, escrava de Manuel Francisco da Costa Lisboa. Teve dois irmãos de pai e mãe. Um deles, o padre Félix, ordenado a expensas de Antônio Francisco, também trabalhou em talha. A ele se atribui a imagem de São Francisco na capela do mesmo santo.

Segundo informações colhidas por Bretas, Antônio Francisco era pardo-escuro, de estatura baixa, corpo cheio e malconfigurado; tinha entretanto o nariz regular, algum tanto pontiagudo; a testa era larga; o cabelo preto, basto e anelado; a voz, forte; a fala, arrebatada.

Até os 47 anos gozou de perfeita saúde, de que abusava, aliás, sendo grandemente dado aos vinhos, às mulheres e aos folguedos populares. Depois a doença terrível acometeu-o, deformando-o a ponto de lhe trocar o nome no apelido pelo qual ficou para sempre conhecido.

Que estranha enfermidade seria essa que durante 37 anos afligiu, desfigurou e mutilou aquele físico robusto de mestiço? Aqui não podemos deixar de sorrir do diagnóstico retrospectivo de Rodrigo Bretas, que, ao lado da lepra e da zamparina, epidemia que grassou em Minas, insinua uma possível "complicação de humor gálico com escorbuto".

É de crer fosse a lepra. Lepra ou humor gálico, como diz Bretas, o artista padecia frequentemente de dores violentas, tão agudas que o levaram mais de uma vez a mutilar-se os dedos com o próprio escopro com que feria a pedra. Caíram-lhe todos os dedos dos pés, e desde então não caminhava senão de joelhos, para o que mandou fazer umas joelheiras de couro, e assim marinhava escadas acima com grande agilidade. Perdeu também quase todos os dedos das mãos. Para trabalhar era mister que um escravo lhe amarrasse às mãos o cinzel e o martelo. Foi assim que em idade já avançada, a partir dos 61 anos, ele lavrou as 12 figuras dos profetas e as 66 estátuas dos Passos de Congonhas do Campo.

Nem foram só as mãos e os pés que a moléstia deformou. O rosto também sofreu os dolorosos estigmas. Era tão feio o aspecto da boca repuxada a um lado e dos olhos inflamados, que um pobre escravo adquirido pelo Aleijadinho tentou matar-se, anavalhando o pescoço, horrorizado de servir a senhor tão medonho.

Todavia a enfermidade, longe de abater o ânimo de Antônio Francisco, como que estimulou a sua formidável capacidade de trabalho. O principal efeito dela foi segregá-lo da sociedade, que ele passou a evitar. Às primeiras horas da madrugada punha-se a caminho do local em que devia trabalhar, quase sempre uma igreja ou capela, de onde só regressava noite fechada. Ia sempre a cavalo, embuçado em ampla capa e chapéu desabado, fugindo a encontros e saudações. No próprio sítio da obra, ficava a coberto de uma espécie de tenda, e não gostava de mirones. Quando algum ousava se lhe aproximar, ainda que fosse personagem de alta qualidade, como sucedeu ao capitão-general dom Bernardo de Lorena, Antônio Francisco atacava a pedra com tal fúria, que uma saraivada de estilhas botava prontamente em fuga o indiscreto. Não sendo a serviço, só saía de casa para assitir à missa, o que fazia sempre na matriz da Conceição de Antônio Dias. Sua casa era contígua à igreja, para onde ele se transportava às costas do escravo Januário, aquele mesmo que tentara suicidar-

-se, mas sarou e foi depois um servidor dedicado. Já em 1858 não existia mais esse prédio.

Outro ponto em que é preciso lançar reparo: a obra do Aleijadinho não é toda de sua mão. Isso aliás transparece logo a olhos atentos diante da desigualdade dela. Nas figuras, sobretudo nas virgens e nos anjos, há um desenho de boca, a um tempo forte e precioso, muito característico dele, pois se encontra sempre nas esculturas que sabidamente são de sua mão, tais a maravilhosa pia de São Francisco e, na mesma igreja, os coroamentos dos pórticos, para só citar essas peças. Antônio Francisco fazia-se ajudar por discípulos formados sob a sua direção. Dois deles eram seus próprios escravos, Maurício e Agostinho, aquele hábil, tanto que em Congonhas Antônio Francisco confiava a ele o primeiro desbastamento dos blocos em que lavrou as estátuas dos profetas. Maurício morreu em Congonhas.

Justino foi outro seu discípulo de talha, e com ele trabalhou o Aleijadinho pela última vez. Em 1811 obteve Justino a tarefa da construção dos altares da igreja de Nossa Senhora do Carmo de Ouro Preto. Tanto instou com o mestre, já quase inválido, que conseguiu obter-lhe a colaboração como diretor e inspetor dos trabalhos, e instalou-se em casa contígua à igreja. Contava Antônio Francisco 82 anos.

Essa empreitada foi causa de grandes males e dissabores para o infeliz homem. Nunca lhe fôra propícia aquela capela do Carmo. Já por ocasião da sua construção, queixara-se Antônio Francisco de que o salário lhe havia sido pago em ouro falso.

Justino procedeu indignamente com o velho mestre. Nas festas do Natal, esquecido da assistência que lhe devia, retirou-se para o Alto da Cruz, deixando Antônio Francisco só, entregue a si mesmo na casinha deserta. Quando voltou, encontrou-o depauperado em extremo e quase inteiramente cego. Foi nesse estado que o Aleijadinho se recolheu a sua casa da rua Detrás da de Antônio Dias, da qual depois

de algum tempo se mudou definitivamente para a de sua nora, a parteira Joana Lopes, casada com um seu filho natural, que, segundo informações obtidas por Bretas, foi marceneiro no Rio. Aí padeceu o artista durante dois anos e foram os mais penosos da sua vida. Não tinha um vintém de seu. Justino faltara-lhe com a maior parte do salário. A terrível doença completava com a velhice a sua lenta destruição. Não havia mais o derivativo empolgante da obra. O Aleijadinho, entrevado e cego, jazeu meses num pequeno estrado, três tábuas sobre dois cepos de pau, implorando continuamente o Senhor "para que sobre ele pusesse os seus divinos pés".
A 18 de novembro de 1814 expirou. Seus despojos descansam na matriz de Antônio Dias, sob uma lápide em face do altar de Nossa Senhora da Boa Morte.
A casa de sua nora ainda estava de pé ao tempo de Rodrigo Bretas. Quando visitei Ouro Preto, procedi a indagações: desaparecera demolida a humilde habitação sagrada pelo martírio do aleijadinho genial.

* * *

Rodrigo Bretas relaciona as seguintes obras de Antônio Francisco:
São Francisco de Ouro Preto:
Projeto e construção
Talha e escultura do frontispício
Os dois púlpitos
Pia da sacristia
Imagens da Trindade
Anjos do cimo do altar-mor
Talha do altar-mor e escultura alusiva à ressurreição do Senhor em baixo-relevo sobre a face principal da urna
Toda a escultura do teto da capela-mor
Igreja de Nossa Senhora do Carmo em Ouro Preto
Igreja de São Francisco em Mariana

Igreja de São Francisco em São João del-Rei
Igreja de Nossa Senhora do Carmo em Sabará
Matriz de São João do Morro Grande
Imagem de São Jorge, guardada na matriz do Fundo de Ouro Preto
Esculturas e imagens em Congonhas do Campo, na matriz de Santa Luzia do Rio das Velhas e nas ermidas das fazendas da Serra Negra, Tabocas e Jaguará, do termo de Sabará.

A essa lista pode-se acrescentar a talha e escultura do frontispício de São Miguel Arcanjo em Ouro Preto.

Talvez também, embora a tal respeito não se me tivesse deparado em parte alguma menção do seu nome, ao Aleijadinho pertença a autoria da talha e escultura do pórtico da matriz de Nossa Senhora do Carmo em São João del-Rei, obra em pedra-sabão e bem marcada pela sua maneira. Aliás toda a fachada principal do templo respira a arte de Antônio Francisco.

* * *

Rodrigo Bretas registrou nos *Traços biográficos* a lenda de uma maravilhosa porta de entrada, executada no Rio para uma igreja da cidade. O caso ter-se-ia passado assim: a irmandade da tal igreja abrira concorrência para a talha da porta. Antônio Francisco, que se achava temporariamente na Corte, apresentou-se a disputar a empreitada. Desconhecido inteiramente como era, a sua pessoa não inspirou mais que o espanto de vê-lo pretender à competência. Picado com a desconfiança e menoscabo que leu nos olhos da irmandade, meteu-se o artista em casa, esculpiu meia banda da porta, e certa noite, às ocultas, providenciou para que fosse ela colocada sobre os gonzos da ombreira do templo. Na manhã seguinte foi enorme a admiração. Não havia na cidade escultor capaz de tão caprichosa talha. Dias se passaram assim, envolta em mistério a personalidade do seu autor.

Antônio Francisco, de caso pensado, escondera-se. Afinal, o mistério esclareceu-se. O artista, procurado por toda a parte, foi afinal descoberto, completou a porta maravilhosa e voltou a Minas satisfeito, no seu orgulho, de ter confundido aqueles que duvidaram do seu gênio.

Bretas contesta toda essa história e, ao que parece, com razão. É verdade que Antônio Francisco fez em 1776 uma viagem à Corte, acudindo a uma apelação interposta por uma *cabra* forra, de nome Narcisa, da qual tivera um filho. Mas de regresso a Ouro Preto nunca se referiu à tal porta nas confidências que sobre aquela viagem fazia a um amigo íntimo, sobrevivente ainda ao tempo de Rodrigo Bretas. Pondere-se ainda que uma obra de tal importância, executada em tão curiosas circunstâncias, teria notoriedade bastante para não desaparecer sem assinalamento. Não existe tal porta em igreja nenhuma do Rio. Nunca se leu nenhuma alusão a ela.

Foi a esta lenda que nos referimos no começo destas notas.

Entenda-se que o diminutivo de Aleijadinho é significativo da pura compaixão e meiguice brasileiras. O homem a que ele se aplicou nada tinha de fraco nem pequeno. Era, em sua disformidade, formidável. Nem no físico, nem no moral, nem na arte, nenhum vestígio de tibieza sentimental. Toda a sua obra de arquiteto e de escultor é de uma saúde, de uma robustez, de uma dignidade a que não atingiu nunca nenhum outro artista plástico entre nós.

As suas igrejas, que apresentam uma solução tão sábia de adaptação do barroco ao ambiente do século XVIII mineiro, não criam aquela atmosfera de misticismo quase doentio que há, por exemplo, em São Francisco da Penitência, do Rio, ou em São Francisco de Assis, na Bahia, ou na Misericórdia, de Olinda. Nas claras naves de Antônio Francisco dir-se-ia que a crença não se socorre senão da razão; não há nelas nenhum apelo ao êxtase, ao mistério, ao alumbramento. E se houvesse porventura alguma reserva que opor à sua obra estupenda, seria precisamente o excesso de personalidade, que não capitulou diante da divindade.

* * *

Tão grande força guardou-a ele a despeito da moléstia e apesar da velhice. Ilustram-na as empreitadas de Congonhas. Sobre esses trabalhos encontram-se informes muito curiosos na *Relação cronológica do santuário do Senhor Bom Jesus*, escrita pelo padre Júlio Engrácia.

Dos arquivos do santuário consta que o operário Antônio Francisco (assim designavam o artista) fez entrega em 1797 de estátuas para os Passos, obra em que trabalhava desde 1791.

Em 1798 novo contrato se estipula para outras estátuas destinadas aos mesmos Passos.

No ano seguinte estavam as figuras prontas na parte técnica do estatuário (essas estátuas foram encarnadas pelo pintor Francisco Xavier Carneiro as dos Passos do Horto, Paixão, Coroação e Cruz às Costas; as dos Passos da Ceia, Açoites e Crucificação o foram pelo pintor Manuel da Costa Ataíde, autor do grandioso painel da Adoração de Maria, no teto de São Francisco, em Ouro Preto).

Terminadas as 66 figuras dos Passos, fazia Antônio Francisco outro contrato para esculpir 12 estátuas em pedra representando os 12 profetas do Velho Testamento e destinadas a guarnecer o poial da escadaria do adro do santuário.

O contrato foi lavrado em 1800.

Em 1805 Antônio Francisco concluiu os profetas do plano inferior do parapeito e continuou a trabalhar nos que estavam determinados para o segundo plano.

Na *Relação* do padre Engrácia não se encontra a data da conclusão dos profetas. Entretanto ainda em 1807 aparece nos livros da irmandade o nome de Antônio Francisco passando recibo de obras de ourives. É provável tivesse trabalhado até 1810 ou 1811, quando se retirou para Ouro Preto a convite do discípulo Justino, arrematante do serviço dos altares do Carmo. Foram, pois, cerca de vinte anos de trabalho. Essa foi a obra que surpreendeu Saint-Hilaire. A impressão profunda que ela acorda em quem a contempla, exprimiu-a em versos magníficos o poeta Oswald de Andrade:

No anfiteatro de montanhas
Os profetas do Aleijadinho
Monumentalizam a paisagem
As cúpulas dos Passos
E os cocares revirados das palmeiras
São degraus da arte do meu país
Onde ninguém mais subiu
Bíblia de pedra-sabão
Banhada no ouro das Minas.

Onde ninguém mais subiu: é a verdade! Os profetas de Congonhas não têm, nem podiam ter, a perfeição do modelado da pia de São Francisco de Ouro Preto, mas são, como nenhuma outra obra do Aleijadinho, prodigiosos de espontaneidade e força. Eles em verdade "monumentalizam a paisagem". Dão à encosta do santuário uma grandeza bíblica.

VELHAS IGREJAS

Quando em 1926 voltei a Pernambuco após uma ausência de trinta anos, era de preferência para Olinda que se voltava a minha curiosidade. Para Olinda, cujo oiteiro nunca subi em menino e da qual não conservava senão a lembrança dos banhos de mar e da viagem no trenzinho de maxambomba que partia da esquina da rua da União, da escura estação em cuja calçada fui tanta vez comer tapioca de coco nos tabuleiros das pretas, que ainda cobriam os ombros com vistosos chales de pano da Costa.

Apesar de vir da Bahia, tão rica de monumentos e tradições do nosso passado, Olinda produziu em mim uma emoção nunca dantes sentida. Na Bahia fica-se um pouco vexado de parar no meio do tumulto das ruas para contemplar a frente de algum velho sobrado. Em Olinda há o silêncio e a tranquilidade que favorecem os passos perdidos dos que se comprazem nessa contemplação do passado e dos seus vestígios impregnados de tão nobre melancolia.

Mas chegado ao alto da colina, quebrou-se-me de súbito o doce encantamento que eu vinha tendo por aquelas ladeiras velhinhas, quando me vi em face da nova Sé. Tinham transformado a velha capela barroca num detestável gótico de fancaria! Como havia sido possível desconhecer a tal ponto o significado da igreja primitiva? Contaram-me então que o erro não se limitara a aquela monstruosa adulteração: o interior do templo fora também despojado dos seus painéis de azulejos, que por muito tempo ficaram amontoados num canto como caliça imprestável, até que um amador dessas coisas pediu e obteve o consentimento de reconstruí-los para si e levou-os.

Tremo sempre que leio nos jornais a notícia de que alguma das nossas velhas igrejas vai sofrer reparações. Se as obras se limitassem a uma simples consolidação e limpeza, à restauração no estilo geral de detalhes que trabalhos anteriores já desfiguraram, se deixassem como estão os seus ouros amortecidos de pátina, não haveria de certo inconveniente. Mas desgraçadamente sabemos todos como essas coisas se fazem.

Mesmo quando existe confessa a intenção de poupar as linhas e a decoração primitivas, o resultado é sempre desastroso. O ouro de hoje é o ouro-banana. Quem não viu até dois anos atrás o interior de São Francisco na Bahia não poderá mais fazer ideia do deslumbramento místico que instilava na alma o brilho velho da antiga douradura. Hoje é um amarelo estridente. A capelinha de Nossa Senhora da Glória do Oiteiro no Rio perdeu também com a restauração a sua doce intimidade. No entanto quer num quer no outro caso houve cuidado em não sacrificar a feição tradicional. Diante desses exemplos, fica-se com medo de que toquem nas belas igrejas do passado, as únicas que dão, independentemente de qualquer crença, a vontade de rezar, porque só elas suscitam pelo milagre artístico a emoção religiosa. Dos templos modernos que conheço só um inspira igual sentimento – a igreja de São Bento em São Paulo. Todos os outros são pobres de arte, pobres de ambiente, pobres de sombra. Por toda a parte o mármore (quando não é a imitação do mármore), o cimento armado e o *biscuit* vão substituindo a madeira de lei de talha caprichosa.

Que procedam assim nas novas igrejas, vá – que os tempos não são mais de bastante fé ou desprendimento para que os ricos católicos façam doações como a do lampadário de São Francisco da Bahia – com os seus oitenta quilos de prata cinzelada... E os escultores quase que abandonaram a talha direta pela fácil e espúria modelagem (não é à toa que a escultura anda em tal decadência). Devemos contudo empregar todos os esforços para prolongar a conservação do patrimônio insubstituível que nos legaram os nossos antepassados. Quando não for possível restaurar dignamente um velho monumento, melhor será deixá-lo arruinar-se inteiramente. As ruínas apenas entristecem. Uma restauração inepta revolta, amargura, ofende.

A FESTA DE NOSSA SENHORA DA GLÓRIA DO OITEIRO

Alguém, falando da festa de Santa Cruz, no Recife, notava que onde o brasileiro mais sente nos olhos o gosto do Brasil é decerto quando fica parado num pátio de igreja em dia de festa de Nossa Senhora. O cronista acentuava como aspecto dominante nessas festas a democracia sincera da gente de toda a cor que se mistura.

Esse prazer, que ainda subsiste forte no ambiente mais tradicional das províncias, quase desapareceu na capital do país. São sempre as mesmas as festas de igrejas, mas sem aquele pitoresco popular que desenvolvia no adro o movimento ruidoso das romarias.

Hoje no Rio só há duas solenidades religiosas a sustentar a tradição da cidade: a festa da Penha e a festa da Glória.

Nunca fui à festa da Penha. Parece que ela é cara sobretudo aos portugueses. Na minha infância eu olhava com uma certa repugnância para os magotes de labregos que desde cedo acudiam de todos os pontos da cidade para o longínquo subúrbio da baixada, emprestando às ruas uns tons exóticos de aldeia lusa. Iam a pé ou em caminhões ou carros abertos. Levavam em evidência grandes garrafões de vinho verde ou virgem, o que fez dizer a Artur Azevedo "que pareciam mais amigos do virgem do que da Virgem". A tiracolo traziam enormes fiadas de roscas coloridas. Estas roscas coloridas eram o complemento indispensável, o distintivo mais característico do folião da Penha. De tudo aquilo me ficou uma recordação de bródio português. Por isso a Penha nunca me interessou. Mais brasileira, mais tradicional, mais poética, incomparavelmente, é a festa de Nossa Senhora da Glória. O pequeno oiteiro da Glória, com a sua capelinha duas vezes secular, é um dos sítios mais aprazíveis, mais ingenuamente pitorescos da cidade. As velhas casas da encosta cederam lugar a construções modernas. Entretanto a igrejinha tem tanto caráter na sua simplicidade, que ela só e mais uma meia dúzia de palmeiras bastam a guardar a fisionomia tradicional da colina. Embaixo a paisagem se renovou completamente. Lembro-me bem do largo da Glória e da praia da Lapa da minha meninice: um desenho de Debret. Desapareceu o casarão do mercado que servia de caserna e despertou o interesse público quando abrigou por algum tempo as jagunças e os jaguncinhos trazidos de Canudos. O largo estendeu-se até à falda do oiteiro. O caminho da praia alargou-se em ampla avenida arborizada. O velho edifício onde no império estava instalada a Secretaria dos Negócios Estrangeiros, foi substituído pelo Palácio do Arcebispado. Todas essas mudanças vieram realçar ainda mais a graça ingênua da igrejinha. Só uma coisa a prejudicou: a mole pesada do Hotel Glória. O observador que olha do morro de Santa Teresa não vê mais o perfil da capela recortado no fundo das águas.

 O romance *Lucíola* começa por um encontro no adro da poética ermida no dia de Nossa Senhora da Glória. Já naquele tempo, 1855, diz Alencar pela boca do herói, era aquela uma das poucas festas populares da Corte. Descreve-a o romancista: "Todas as raças, desde o caucasiano sem mescla até o africano puro; todas as posições, desde as ilustrações da política, da fortuna ou do talento, até o proletário humilde e desconhecido; todas as profissões, desde o banqueiro até o mendigo; finalmente, todos os tipos grotescos da sociedade brasileira, desde a arrogante nulidade até a vil lisonja desfilaram...".

O cortejo de Alencar não está completo. Faltam a ele as figuras principais que eram as dos soberanos. Os imperadores do Brasil, e antes deles os vice-reis e governadores-gerais, compareciam todos os anos à festa, prestigiando com a sua presença a tradicional solenidade, e isso dava aos festejos um cunho de comunhão democrática que singularizou entre todas as comemorações eclesiásticas o dia da Glória do Oiteiro. Era uma festa a um tempo popular e aristocrática. Dom Pedro II, a Imperatriz, a Princesa, acompanhados de numeroso séquito, onde se viam os homens mais ilustres e as senhoras mais lindas da Corte, subiam a íngreme colina e de volta da solenidade descansavam na Secretaria dos Estrangeiros.

Com a queda da monarquia os festejos perderam inteiramente o elemento aristocrático. O progresso da cidade roubou-lhe muito da concorrência. Em todo o caso, o dia de Nossa Senhora da Glória ainda não decaiu à categoria de festa de bairro. Ainda é uma das raras festas populares da cidade.

Tive este ano particular interesse em visitar a ermida porque sabia que a irmandade levara a efeito grandes obras internas de restauração. Entrei o pórtico receoso, embora tivesse lido nos jornais uma entrevista em que um dos membros daquela irmandade assegurava o respeito que presidira aos trabalhos de restauração. O meu receio infelizmente se confirmou. A pequenina nave, despojada dos seus ouros e das suas argamassas patinadas, perdeu o encanto que lhe vinha da idade. Tudo está novo ou renovado. Baixei os olhos e saí depressa para guardar nos olhos

a imagem das velhas capelinhas e tribunas, como eu as vi até o ano passado.
Fora, no adro, faziam o clássico leilão de prendas. Rapazes e moças namoravam. Isso ao menos não mudara! Só que a concorrência amulatou-se bastante. A festa é hoje exclusivamente do povo.
As ladeiras de acesso ainda regurgitavam quando desci às onze da noite. Não havia mais, como nos outros anos, as bandeirinhas e galhardetes enfeitando o largo da Glória, nem canela cheirosa espalhada no chão. Olhei ainda uma vez para o "cômoro octógeno" dos versos detestáveis de Porto Alegre: a ermida luzia docemente. Não se viam as luzes, estando o templo iluminado pela projeção de fortes focos elétricos dissimulados na amurada do adro. O efeito é muito bonito porque nada mascara as linhas ingênuas da igreja. Todavia não deixei de ter saudades da iluminação primitiva que formava em torno da capelinha um como manto cintilante de Nossa Senhora.

ARQUITETURA BRASILEIRA

A guerra de 1914 provocou em todo o mundo uma como revivescência do sentimento nacional, que andava adormecido por várias décadas de propaganda socialista ativa. As elites sonhavam com uma organização política e social mais justa numa humanidade sem fronteiras. Mal, porém, se declarou o conflito, o espírito feroz de pátria apoderou-se de todos, inclusive de socialistas. Nas nações beligerantes o movimento nacionalista assumiu naturalmente as formas do patriotismo mais agressivo. Em países mais remotamente interessados, como foi o caso do nosso, o sentimento nativista exprimiu-se nas artes por uma volta aos assuntos nacionais.

A música culta entrou a recolher sistematicamente a música popular desde o tempo da colônia. As artes plásticas tomaram um quê de primitivo, como que procurando imitar a ingenuidade de cor e desenho das promessas de Conganhas do Campo e Bom Jesus de Pirapora. Os modernistas da literatura, após um breve período de treino técnico em que refletiram a sensibilidade dos poetas europeus de vanguarda, puseram-se de repente a considerar "em que maneira a terra é graciosa"... E foi então uma verdadeira corrida para aproveitar tudo.

Foi esse movimento que a arquitetura procurou também acompanhar tentando criar a casa brasileira. O fim do segundo império assinalou a decadência do espírito tradicional na construção. Não havia mais nem a lembrança daqueles sargentos de engenheiros que riscavam com mão forte e sóbria os projetos de igrejas e de casas de câmara e governo. Os Calheiros e os Alpoins foram, à falta de arquitetos, sucedidos pelo mestre de obras português, insígne introdutor do lambrequim, das compoteiras de platibanda e do mármore fingido. Mas este ainda fazia os casarões retangulares com, ao lado, a acolhedora varanda. O que veio depois era ainda pior: tinha pretensões a estilo. A avenida Atlântica, coleção de aleijões, ilustra essa época, a mais detestável da arquitetura em nosso país.

    O mau gosto tomou tais proporções, que as velhas casas pesadonas do tempo da colônia e da monarquia assumiram por contraste um ar distinto e raçado, um ar de nobreza para sempre extinta na república.

    Foi dessa contemplação melancólica que nasceu, de uns 15 anos para cá, um movimento de elite em favor da casa brasileira. Era preciso, aconselhava-se, construir a casa brasileira dentro da tradição secular que a afeiçoara segundo as necessidades do nosso clima, dos nossos costumes e das nossas necessidades.

    O movimento pegou – pegou demais. Fabricaram com detalhezinhos de ornato um *estilo*, deram-lhe um nome errado, e aí está, nas casinhas catitas de telhas curvas e azulejos enxeridos, em que deu o renascimento da velha arquitetura brasileira começado a pregar em São Paulo pelo senhor Ricardo Severo.

    O meu amigo José Mariano anda agora com um trabalho danado para mostrar que nada disso é "casa brasileira", que não basta azulejo e telha curva para fazer arquitetura brasileira, que os *profiteurs* da moda (porque hoje é moda ter o seu "bangalô colonial") sacrificaram inteiramente o espírito arquitetônico da renovação a exterioridades bonitinhas.

E é de fato o que está acontecendo. Os grupos escolares, os edifícios de câmaras municipais que se estão construindo dentro do *estilo* representam o que há de mais contrário ao caráter da construção em que *soi-disant* se inspiram. Fiquei horrorizado em Sabará quando vi a nova casa da câmara, que apesar de todos os matadores neocoloniais não passa de um casebrezinho ridículo, ao passo que ao lado o antigo sobrado da câmara guarda uma linha de robusta dignidade, esse ar de casa que não é enfeite urbano, mas na definição de Le Corbusier – máquina de morar. O caso da câmara de Sabará é típico, porque põe um ao lado do outro o padrão inspirador e o pastiche desvirtuado, num contraste verdadeiramente grotesco.

É preciso repetir a essa gente as palavras de Lúcio Costa, um dos poucos arquitetos novos que sentem o passado arquitetônico da nossa terra: a nossa arquitetura é robusta, forte, maciça; a nossa arquitetura é de linhas calmas, tranquilas; tudo nela é estável, severo, simples – nada pernóstico.

É a esse caráter de simplicidade austera e robusta que devem visar os que pretendem retomar o fio da tradição brasileira na arquitetura.

NA CÂMARA-ARDENTE DE JOSÉ DO PATROCÍNIO FILHO

A igreja do Rosário dos Pretos tem aspecto despojado e paupérrimo. É talvez a nave mais triste do Rio, porque com ser nua e modesta é bem grande e faz pensar na frase de Burton, a quem as igrejas brasileiras davam a impressão de *huge barns*, celeiros ou paióis enormes. Ele dizia isso a propósito das belas igrejas mineiras do Aleijadinho. Na igreja do Rosário dos Pretos a impressão de Burton é justa. O templo não tem senão interesse histórico: em suas dependências funcionou provisoriamente o Senado da Câmara da cidade: foi de lá que saiu o préstito levando ao Príncipe a moção assinada pelos oito mil patriotas, e foi de lá, de uma das sacadas laterais, que José Clemente Pereira, de volta do Paço, anunciou ao povo as palavras memoráveis do "Fico". A velha igreja guarda ainda um jazigo ilustre – o de mestre Valentim, segundo assinala uma placa de bronze à direita de quem entra.

Ali esteve exposto em câmara-ardente o corpo de José do Patrocínio Filho, José Carlos do Patrocínio Filho, o Zeca Patrocínio. Estive lá depois de meia-noite e demorei-me uma hora vendo os círios arder e ouvindo a conversa de amigos que recordavam casos da vida agitada e boêmia do extinto. J.B. Silva, o Sinhô dos sambas estupendos, (não arredara pé dali) me contava o fim de uma noitada em que o Zeca o intimou com um navalhão cheio de dentes a fazer uma serenata sob as janelas da atriz Lia Binatti.

Quem tivesse encontrado uma vez com o Zeca tinha uma história engraçada para contar. Eu conheci-o ultimamente, numa farra em certa casa inconfessável da rua Riachuelo. Estava lá o Villa-Lobos, o Ovalle, o João Pernambuco, o Catulo. O violão passava de mão em mão, porque todos tocavam. Catulo estava impossível. Bebera cerveja demais e deu para declamar poemas. Nós queríamos que ele cantasse umas modinhas, bem bestas, bem pernósticas, como "A tua coma", ou "Clélia, adeus!" ou "Talento e formosura". Mas o bardo estava em maré de grandeza e dizia muito sério a duas belezas venais:

"Minhas senhoras, eu tenho sessenta anos e já li todos os grandes poemas de todas as literaturas; li todo o Homero, todo o Virgílio; li Goethe, Shakespeare, Ariosto: nunca encontrei nada como este poema da minha lavra que vou lhes recitar!".

Quando ele puxava o pigarro para começar e a versalhada parecia inevitável, o Zeca salvava a situação:

— Ó Catulo, canta aquela modinha!

— Que modinha?

— Aquela em que você compara um pé a um pensamento de Pascal.

E como Catulo estava por conta da cerveja, esquecia imediatamente o poema e cantava a modinha pedida.

Zeca era pequeno, tez baça e magríssimo. Nunca vi ninguém mais magro. Magro assim, só quem está nas últimas. Mas o Zeca era magro assim e tinha um porte, uma vivacidade de rapaz com perfeita saúde. Esse contraste era coisa surpreendente. Ouvia-se falar de vez em quando que o Zeca estava muito doente, coitado do Zeca, e de repente aparecia o Zeca de *smoking* na avenida às 3 $^1\!/_2$ da madrugada, desenvolto, loquaz, cheio de planos.

— Volto pra Paris. O *Trólóló* só me dá uns três contos

e eu com menos de seis não posso viver aqui. Prefiro morar embaixo de uma ponte em Paris!

E viveu toda a vida assim, do Rio pra Paris e de Paris pra o Rio. Depois da "sinistra aventura" passou aqui um pedaço mais duro, sobrecarregado de tanta tarefa jornalística que teve de contratar "negros" para o ajudarem no seu ofício de cronista. Mas isto só não bastava. Então fez excursões. Esteve na Bahia, onde a horas mortas andou beijando portões vulgares que na excitação do *whisky* tomava como relíquias de arte tradicionais. Ganhou contos de réis até em Ilhéus.

Ganhar dinheiro para Zeca Patrocínio parecia ser coisa tão fácil quanto respirar. O seu espírito, a sua graça vivaz, a sua capacidade de invenção, de improvisação cativavam à primeira vista e dir-se-ia que os amigos tinham prazer em lhe abrir a bolsa. Zeca era um pardal que fazia gosto sustentar, que fazia gosto ver alegre, irrequieto. Tendo nascido poeta, só fez versos no tempo em que cursava os preparatórios.

Há sujeitos de pouco talento e no entanto com tanta habilidade para aproveitar esse pouco talento que com meia dúzia de lugares-comuns organizam em alguns anos uma reputação literária ou científica, dominam a sociedade e chegam antes da maturidade às academias. Zeca Patrocínio era o tipo oposto – dos que não tomam a sério o dom que trouxeram do berço, desperdiçam-no e morrem sem deixar atrás de si vestígio da riqueza malbaratada.

Junto à essa ladeada pelos seis círios, as pretinhas de cabeça branca (como deviam ser velhas!) da Irmandade do Rosário ajoelhavam de hora em hora para rezar o terço m voz alta. Haverá espíritos e o de Zeca veria naquele momento o espetáculo tocante? pensava eu fitando o ataúde.

Na manhã desse dia foi o corpo inumado. Vinte e oito de setembro. O filho de José do Patrocínio foi levado ao cemitério numa data famosa da campanha que fez a glória paterna.

O ENTERRO DE SINHÔ

J.B. Silva, o popular Sinhô dos mais deliciosos sambas cariocas, era um desses homens que ainda morrendo da morte mais natural deste mundo dão a todos a impressão de que morreram de acidente. Zeca Patrocínio, que o adorava e com quem ele tinha grandes afinidades de temperamento, era assim também: descarnado, lívido, frangalho de gente, mas sempre fagueiro, vivaz, agilíssimo, dir-se-ia um moribundo galvanizado provisoriamente para uma farra. Que doença era a sua? Parecia um tísico nas últimas. Diziam que tinha muita sífilis. Certamente o rim estava em pantanas. Fígado escangalhado. Ouvia-se de vez em quando que o Zeca estava morrendo. Ora em Paris, ora em Todos os Santos, subúrbio da Central. E de repente, na avenida, a gente encontrava o Zeca às três da madrugada, de *smoking*, no auge da excitação e da verve. Assim me aconteceu uma vez, e o que o punha tão excitado naquela ocasião era precisamente a última marcha carnavalesca de Sinhô, o famoso *Claudionor*...

que pra sustentar família
foi bancar o estivador...

Me apresentaram a Sinhô na câmara-ardente do Zeca. Foi na pobre nave da igreja dos pretos do Rosário. Sinhô tinha passado o dia ali, era mais de meia-noite, ia passar a noite ali e não parava de evocar a figura do amigo extinto, contava aventuras comuns, espinafrava tudo quanto era músico e poeta, estava danado naquela época com o Vila e o Catulo, poeta era ele, músico era ele. Que língua desgraçada! Que vaidade! mas a gente não podia deixar de gostar dele desde logo, pelo menos os que são sensíveis ao sabor da qualidade carioca. O que há de mais povo e de mais carioca tinha em Sinhô a sua personificação mais típica, mais genuína e mais profunda. De quando em quando, no meio de uma porção de toadas que todas eram camaradas e frescas como as manhãs dos nossos suburbiozinhos humildes, vinha de Sinhô um samba definitivo, um *Claudionor*, um *Jura*, com um "beijo puro na catedral do amor", enfim uma dessas coisas incríveis que pareciam descer dos morros lendários da cidade, Favela, Salgueiro, Mangueira, São Carlos, fina-flor extrema da malandragem carioca mais inteligente e mais heroica... Sinhô!

Ele era o traço mais expressivo ligando os poetas, os artistas, a sociedade fina e culta às camadas profundas da ralé urbana. Daí a fascinação que despertava em toda a gente quando levado a um salão.

Vi-o pela última vez em casa de Álvaro Moreyra. Sinhô cantou, se acompanhando, o "Não posso mais, meu bem, não posso mais", que havia composto na madrugada daquele dia, de volta de uma farra. Estava quase inteiramente afônico. Tossia muito e corrigia a tosse bebendo boas lambadas de Madeira R. Repetiu-se a toada um sem-número de vezes. Todos nos secundávamos em coro. Terán, que estava presente, ficou encantado.

Não faz uma semana eu estava em casa de um amigo onde se esperava a chegada de Sinhô para cantar ao violão. Sinhô não veio. Devia estar na rua ou no fundo de alguma casa de música, cantando ou contando vantagem, ou então em algum botequim. Em casa é que não estaria; em casa, de cama, é que não estaria. Sinhô tinha que morrer como morreu, para que a sua morte fosse o que foi: um episódio de rua, como um desastre de automóvel. Vinha numa barca da Ilha do Governador para a cidade, teve uma hemoptise fulminante e acabou.

Seu corpo foi levado para o necrotério do Hospital Hahnemaniano, ali no coração do Estácio, perto do Mangue, à vista dos morros lendários... A capelinha branca era muito exígua para conter todos quantos queriam bem ao Sinhô, tudo gente simples, malandros, soldados, marinheiros, donas de *rendez-vous* baratos, meretrizes, *chauffeurs*, macumbeiros (lá estava o velho Oxunã da Praça Onze, um preto de dois metros de altura com uma belide num olho), todos os sambistas de fama, os pretinhos dos choros dos botequins das ruas Júlio do Carmo e Benedito Hipólito, mulheres dos morros, baianas de tabuleiro, vendedores de modinhas... Essa gente não se veste toda de preto. O gosto pela cor persiste deliciosamente mesmo na hora do enterro. Há prostitutazinhas em tecido opala vermelho. Aquele preto, famanaz do pinho, traja uma fatiota clara absolutamente incrível. As flores estão num botequim em frente, prolongamento da câmara-ardente. Bebe-se desbragadamente. Um vaivém incessante da capela para o botequim. Os amigos repetem piadas do morto, assobiam ou cantarolam os sambas (*Tu te lembra daquele choro?*). No cinema da rua Frei Caneca um bruto cartaz anunciava *A última canção* de Al Johnson. Um dos presentes comenta a coincidência. O Chico da Baiana vai trocar de automóvel e volta com um *landaulet* que parece de casamento e onde toma assento a família de Sinhô. A Pérola Negra, bailarina da companhia preta, assume atitudes de estrela. Não tem ali ninguém para quebrar aquele quadro de costumes cariocas, seguramente o mais genuíno que já se viu na vida da cidade: a dor simples, natural, ingênua de um povo cantador e macumbeiro em torno do corpo do companheiro que durante tantos anos foi por excelência intérprete de sua alma estoica, sensual, carnavalesca.

UM GRANDE ARTISTA PERNAMBUCANO

O encanto do Recife não aparece à primeira vista. O Recife não é uma cidade oferecida e só se entrega depois de longa intimidade.

Se não fosse muito esquisito comparar cidades com mulheres, eu diria que o Recife tem o físico, a psicologia, a graça arisca e seca, reservada e difícil de certas mulheres magras, morenas e tímidas. Porque, não repararam que há cidades que são o contrário disso? Cidades gordas, namoradeiras, gozadonas? O Rio, por exemplo, Belém do Pará, São Luís do Maranhão são cidades gordas. A Bahia é gordíssima. São Paulo é enxuta. Mas Fortaleza e o Recife são magras.

Essa magreza é sensível em tudo no Recife. A vida comercial da cidade estendeu-se a comprido da avenida Marquês de Olinda até o fim da rua da Imperatriz. Os sobrados são magros e magros todos os detalhes arquitetônicos. Mesmo nas velhas casas solarengas do bairro da Madalena há não sei quê de seco, de sóbrio, de abstinente – de magro em suma.

Quase todas as igrejas do Recife, as características pelo menos, são magras. São Pedro dos Clérigos é a igreja mais magra do Brasil.

A ideia que se faz de um pernambucano é de indivíduo magro. A arma de sua predileção é a faca de ponta – arma também magra.

O próprio nome – Recife – é palavra magríssima, como de resto o mesmo acidente natural por ela nomeado.

Essa magreza, aliás, não prejudica em nada a cidade. Não é magreza de doença ou de miséria, senão de regime, ou melhor, de constituição. Assuntando bem, parece-me que nessa magreza calada e desenfeitada é que reside o encanto essencial e característico do Recife.

Essa cidade magra tinha necessidade de dar um artista magro capaz de refletir em sua arte aquela graça característica das suas linhas. Deu-o de fato na pessoa de Manuel Bandeira.

Há muita gente que toma como meus os desenhos do meu xará. Quem me dera que fossem! Eu não hesitaria um minuto em trocar por meia dúzia de desenhos do xará toda a versalhada sentimentalona que fiz, em suma, porque não pude nunca fazer outra coisa.

Manuel Bandeira desenha a bico de pena e faz aquarelas. Mas é sobretudo no desenho a pena que reside a sua maior força. Aí é que é magro como as igrejas da sua cidade. O seu traço é forte, áspero, duro. Todavia em toda essa força a poesia reponta sempre e uma certa ternura bem cariciosa. Poesia e ternura fortes – eis as características dos desenhos melhores de Manuel Bandeira. E foram essas qualidades que o tornaram o intérprete por excelência dos velhos aspectos da arquitetura colonial – velhas ruas, velhas casas, velhas pedras. O Recife da Lingueta, Olinda, Iguaraçu, Salvador, Ouro Preto, Mariana, Sabará, São João del-Rey assistem na arte do desenhista pernambucano com o mesmo misterioso sortilégio da realidade. Ele faz compreender – sem intenção, aliás, porque não há nenhuma literatura nesse artista bem confinado na sua técnica – o que há de passado venerável nessa arquitetura dos nossos avós. Faz compreender que essa arquitetura deliciosa não é coisa que se deva repetir, imitar. Quem sente profundamente o colonial não pode sofrer o neocolonial. Bandeira formou-se no Recife, creio que sem mestre nenhum. Vi os seus primeiros desenhos na saudosa *Revista do Norte*, dirigida, composta e impressa por José Maria de Albuquerque. Quando o *Diário de Pernambuco* encarregou Gilberto Freyre de organizar a edição comemorativa do seu centenário, Bandeira foi convidado para ilustrá-la. Veio depois a edição de *O Jornal* consagrada a Pernambuco, a colaboração efetiva em *A Província* do Recife e finalmente a sua obra mais importante – a ilustração de todo o número de *O Jornal* dedicado ao estado de Minas. Para executá-la Bandeira passou dois meses em Ouro Preto, trabalhando com tal ardor que os olhos se lhe fatigaram e adoeceram. Os desenhos de Minas mostram o artista na plena posse de todos os recursos da pena e do nanquim. Nenhuma incerteza mais. Uma segurança impecável na oposição dos brancos e dos negros, sensível especialmente na Nossa Senhora do Carmo de Sabará, no solar do conde de Assumar, na capelinha do padre Faria, no renque de casinhas e nos burricos da rua Barão de Ouro Branco.

É de realçar como Bandeira apanhou bem o caráter de cada uma das velhas cidades mineiras. O aspecto severo, áspero e melancólico da antiga Vila Rica, as ruínas ingênuas de Sabará, onde as casas de porta e janela parecem sorrir contentes de se sentirem tão velhinhas, a grandeza processional da encosta do santuário de Congonhas do Campo, tudo Bandeira fixou com surpreendente fidelidade.

Magistrais são também as reproduções de detalhes das esculturas de Ouro Preto: as pias de São Francisco e Carmo de Ouro Preto, os púlpitos, os coroamentos dos portais etc. Ao todo 51 desenhos magníficos que testemunham a beleza artística em que floresceu o *rush* do ouro vista através da força ingênua e sóbria de um grande artista da nossa atualidade.

É pena que os trabalhos de Manuel Bandeira permaneçam sequestrados em coleções particulares ou nas reproduções, nem sempre fiéis, de edições jornalísticas esgotadas. Não existe entre nós nem público nem editores para uma obra dessas. Seria caso de se promover a expensas do governo federal ou do estado de Pernambuco uma edição dos melhores desenhos de Manuel Bandeira. Ela representaria um dos mais altos e finos padrões da nossa cultura.

RECIFE

*E*ste mês que acabo de passar no Recife me repôs inteiramente no amor da minha cidade. Há dois anos quando a revi depois de uma longa ausência, desconheci-a quase, tão mudada a encontrei. E sem discutir se essa mudança foi para melhor ou para pior, tive um choque, uma sensação desagradável, não sei que despeito ou mágoa. Queria encontrá-la como a deixei menino. Egoisticamente, queria a mesma cidade da minha infância.

Por isso diante do novo Recife, das suas avenidas orgulhosamente modernas, sem nenhum sabor provinciano, não pude reprimir o mau humor que me causava o desaparecimento do outro Recife, o Recife velho, com a inesquecível Lingueta, o Corpo Santo, o Arco da Conceição, os becos coloniais...

Mesmo fora do bairro do Recife, quanta diferença! Quanta edificação nova em substituição às velhas casas de balcões, esses balcões tão bonitos, tão pitorescos com os seus cachorros retangulares fortes e simples como traves. (Um arquiteto inteligente aproveitaria esse detalhe tradicional bem característico do Recife.) Os cais do Capibaribe, entre Boa Vista e Santo Antônio, sem os sobradões amarelos, encarnados, azuis, tão mais de acordo com a luz dos trópicos do que esta grisalha que os requintados importaram de climas frios.

No meio de tanto desapontamento um bem doce consolo: a rua da União, a mesma de trinta anos antes, salvo o nome e a estação da rua da Princesa. (Ah, falta também a gameleira da esquina! Meus olhos não esqueceram nada.) Exatamente como a deixei. Não tem uma casa nova. Ali ainda residem primos. Em casa de meu avô moram velhos amigos que me conheceram menino. E aquele prediozinho baixo? Tem uma tabuleta na fachada: Asilo Santa Isabel. Não! Quem vive ali é dona Aninha Viegas. Bentinho vai já aparecer ao postigo, com a pasta de cabelo bem empomadada, camisa de peito engomado, sem colarinho (parecia que a falta de colarinho era um detalhe ou requinte da elegância de Bentinho).

Não havia nada para quebrar a ilusão da minha saudade. E comecei a ver outras figuras, que, embora desaparecidas no túmulo, continuavam a viver para mim com mais realidade do que os desconhecidos que cruzavam comigo na calçada: o velho Alonso, de gorro e cacete, comprando latas de doce de araçá e goiabada em quantidade que me deixava deslumbrado; Totônio Rodrigues que me parecia velhíssimo, perito em situar os incêndios pelo toque do sino, mas com uma má vontade evidente contra o bairro de São José; "seu" Alcoforado que eu nunca vi, mas cujo nome me impressionava...

O MÍSTICO[1]

Os amigos do místico que fomos levá-lo a bordo do *Astúrias*, voltamos do cais com a sensação penosa de ter perdido por alguns anos aquele que melhor sabia comentar e interpretar para nós a vida da cidade carioca, porque a sentia de instinto melhor que ninguém. E sobretudo a vida da Lapa, reduto carioca, tão diferente de tudo o mais. Para compreender a Lapa é preciso viver algum tempo nela e não será qualquer que a compreenda. Para falar dela e fazer-lhe sentir todo o prodigioso encanto, só um Joyce – o Joyce do *Ulysses*, com a sua extraordinária força de síntese poética. Basta dizer que a Lapa é um centro de meretrício todo especial (onde vivem as mulatas mais sofisticadas do Rio), e esse meretrício se exerce no ambiente místico irradiado da velha igreja e convento dos franciscanos. A igreja não é bela e não tem exteriormente nada que desperte a atenção artística. No entanto, nenhuma outra no Rio terá a sua influência de sugestão religiosa. Uma vez cheguei a entrever o segredo dessa influência entrando ao lusco-fusco na nave iluminada: a imagem de Nossa Senhora do Carmo luzia adorável no alto do altar-mor.

---

[1] Manuel Bandeira, nesta crônica, escreve sobre Jaime Ovalle, um de seus melhores amigos. Em *Flauta de papel*, há outros textos a respeito desse notório compositor, que estão agrupados sob o título "Ovalle".

Era esta Lapa que em certas madrugadas transtornava de tal modo o nosso místico, que ele tinha que se agarrar a um poste para dizer baixinho: "Meu Deus, eu morro!". Hoje será a Lapa que estará a repetir os versos do poema admirável em que Augusto Frederico Schmidt chorou a partida do amigo:

Esmeralda, onde estão teus noivos?
Teus irmãos, teus primos, onde estão?
Onde está teu velho amor, teu namorado,
Aquele de antigamente, que vagava nas ruas?
Onde estão teus sonhos, Esmeralda?
Onde estão teus noivos, Esmeralda?

A lua de Londres roubou meu noivo...

A casa do místico ficava a meio da ladeira de Santa Teresa. Quando uma voz de mulher aparecia numa ligação errada de telefone e indagava: "Aí é o escritório do dr. Fulano?", o místico respondia com o maior carinho: "Não, aqui é minha casinha...". Havia um riso gostoso do outro lado do fio e frequentemente o idílio acabava na alcova obscura da ladeira. *Alcova* aqui não está como palavra bonita em vez de *quarto*. A "câmara de dormir" do místico não se poderia chamar de outro modo. Não havia abertura direta para a luz exterior. Tinha qualquer coisa de parecido com as "salinhas do santuário" das nossas macumbas. Ali o místico acordava às vezes no meio da noite para esbofetear-se, clamando diante do crucifixo:

— Apanha, judeu! Apanha, judeu! E o pranto lhe corria abundante pelas faces maculadas.

A saleta de entrada, minúscula e entupida por um piano de cauda, fora decorada com painéis de Cícero Dias, pintados em lona. Uma das melhores coisas do malogrado artista pernambucano, hoje inteiramente absorvido por interesses comerciais e a caminho de se tornar um desses "capitães de indústria" celebrados nos editoriais doutrinários da grande imprensa de opinião. Os painéis da casa do místico davam a impressão de que neles o menino de engenho da pintura brasileira estava se despedindo daquela infância meio louca que era a alma da sua arte tão longe do mundanismo em que se atolou depois. Um desses painéis representava o Brasil abestalhado roncando ao lado de uma mulata nua debaixo dos Arcos da Lapa: outro, a Virgem da Lapa, vestida de noiva – e pelo vão da janela se via uma paisagem lunar com uma dessas igrejas que existem em todo o largo da Matriz das cidades do interior. Foi sem dúvida essa figura de Cícero que inspirou o verso de Schmidt:

A lua de Londres roubou meu noivo...

Ali nos reuníamos para comer os quitutes de Sinhá Rosa, para ouvir depois o místico cantar ao violão o *Zé Raimundo*, o *Como Chiquinha não tem*, *como Totonha não há* e tantas outras coisas que ele dizia ser do *folk-lore*, mas que em verdade parece que saíam inteirinhas de dentro dele: o místico não tomara inspiração do *folk-lore*, o *folk-lore* estava dentro dele, era a sua única ciência – com a *Bíblia*.

A última manhã do místico na casinha da ladeira foi uma coisa tão comovente que eu não sei contar. E eu gostaria de contar como o encontrei com a cara entregue ao barbeiro, as mãos a dona Nazaré, distinta manicura, formosa mulher de pele gorda e alva... Em torno todo um corpo de técnicos – o alfaiate que viera arrumar as malas, o professor de inglês (da Stanford University), o poeta--procurador etc. A toda hora o telefone tilintava: eram "os chamados misteriosos" que vinham da Lapa, de Copacabana, da Ilha do Governador, todos com lágrimas, com soluços. E o místico foi-se embora.

A TRINCA DO CURVELO

No baralho, a trinca são três cartas do mesmo valor. A semântica da molecada alargou o conteúdo da palavra e fê-la sinônima de baderna de bairro: a trinca do Curvelo, a trinca do Itapiru. É o conjunto da molecada do bairro, que a gente vê a todas as horas batendo bola na rua, empinando pipas, estalando os tecos na buraca ("Busca!" "Má raio!"), abatendo os pardais a bodoque... (Às vezes se atiram a distantes excursões donde regressam com uma jaca enorme. Nesses dias, é, na rua, jaca por todo o lado, uma orgia de jaca – enervante como todas as orgias).

Mas há a trinca de rua: a trinca do Curvelo, por oposição à trinca do Cassiano. Se atendesse à nomenclatura atual, teria que dizer a trinca de Hermenegildo de Barros, o que soa tão engraçado como antítese, aproximando a mais alta magistratura togada desse mundozinho irresponsável dos piores malandros da terra...

Os piores malandros da terra. O microcosmo da política. Salvo o homicídio com premeditação, são capazes de tudo – até de partir as vidraças das minhas janelas! Mentir é com eles. Contar vantagem nem se fala. Valentes até na hora de fugir. A impressão que se tem é que ficando homens vão todos dar assassinos, jogadores, passadores de notas falsas... Pois nada disso. Acabam lutando pela vida, só com a saudade do único tempo em que foram verdadeiramente felizes.

Para muitos a luta começa como uma extensão da pagodeira da trinca. Vender os jornais da tarde, "chepar", isto sim! que é divertido, já sendo atividade de homem: – "*A Noite*! *O Globo*! *O Diário*! Qual é?". Voltar às 11 horas da noite para casa, trazendo cinco, seis, sete mil réis. Sustentando a família com 13 e 14 anos... Mas no dia que traz só três mil e tanto é que vadiou. "Malandro! Te boto na Colônia!". Então é que começa a perceber que a vida não é brinquedo, como na trinca.

A trinca do Curvelo conta com exemplares interessantes. Primeiro que tudo conta com um Lenine autêntico. Uma tarde a polícia deu uma batida na residência do comunista Otávio Brandão, pondo em verdadeiro pé de guerra o minúsculo e pacato bairro do Curvelo. No entanto estava ela então, como ainda está hoje, longe de suspeitar da existência desse Lenine, cujo sonho mais caro é o comunismo integral. Tem sete anos apenas, mas já me considera um infame pequeno-burguês, só porque eu nunca lhe quis dar uma fita métrica de aço que um dia viu sobre a minha mesa. Toda vez que eu defendo, a propósito de um livro, de um canivete, de um isqueiro cobiçado por Lenine, o princípio de propriedade, Lenine brada com um "toque de mal" e vai se vingar na minha porta, contra a qual investe a pontapés e pedradas. O grito de guerra é: "Vou es... bodegar a sua porta!".

A trinca não tem lá grande respeito por Lenine e volta e meia estão gritando: "Tatuí! Tatuí de areia!". O crioulinho José Antônio Bento Marinho, nove anos, inventou uma nova maneira muito sonsa de infernizar Lenine com o apelido detestado. Começa de longe a vocalizar feito sabiá: "Tuí, tuí, tuá, tuá! Tuí, tuí, tuá!". Até Lenine encontrar a primeira pedra...

Mas Lenine é a criança de peito da trinca. De Lenine até os "bambas" – o Zeca Mulato, o Encarnadinho, o Culó, o Piru Maluco, a trinca é rica em tipos bem diferenciados pelo físico, pela cor, pelo caráter. Ao mulatinho Ivan dei, como de direito, o cognome de Terrível. Batem à minha janela. "Quem é?". "Sou eu!". "Eu quem?". "Ivan". "Que Ivan?". "Ivan, o Terrível!". Foi assim que ensinei a me responder. Os outros fazem troça: "Qual nada, seu Manuel Bandeira, é um Maricas. Não tem nenhum que não dê nele!". Quem falou assim foi o jovem Antenor, que eu prefiro chamar o antena Antenor: "Quem é?". "É o antena Antenor!". Há um Armando de Castro, que, naturalmente, é Castro Forte. Mas esse quase não é da trinca e até lê romances dessa tal baronesa que escreveu a Castelã não sei de onde.

A espécie ruivo-sardenta é representada na pessoa do Nelson, que parece neto de escocês. Na realidade é neto de uma velha preta, das antigas, opulentamente preta, colonial como a marquesa de Santos e o convento de Santo Antônio. Nunca me esquecerei do *grand air* com que ela falou ao Álvaro no dia em que este bateu no Nelson. Não gritou, não fez escândalo. Falou com voz baiana, amável e gostosíssima: "Vai bater na bundinha da mamãe... Vai...". O Álvaro, que tem resposta pra tudo e não respeita as caras, ficou inteiramente desnorteado, abestalhado, diante daquele insulto que parecia um afago, coisa tão nova que ele não entendia bem.

Este Álvaro estava habituado com a técnica materna, que é a da pancadaria sem sutilezas. A sova com o que está ao alcance da mão: correia, tamanco, pau de vassoura ou tranca de ferro. Um dia assisti a uma dessas execuções. Depois caçoei com o Álvaro. E ele, cínico: "Também eu tirei o corpo fora e ela deu com a mão na parede que chega destroncou o dedo!".

É assim.

* * *

Tenho pena de não ver hoje na trinca o Panaco. Panaco era o Olavo, irmão desse Álvaro. Criado nu na rua.

Uma saúde de ferro e já andava. Era a borboleta do Curvelo. Sarampo bateu nele. A mãe estava no emprego. Os irmãos entenderam de lavar o quarto. Panaco apanhou um resfriado, e lá se foi para a trinca dos anjinhos de Nosso Senhor!

A NOVA GNOMONIA

Tive conhecimento da Nova Gnomonia por uma conversa de café. O poeta Augusto Frederico Schmidt e o compositor Ovalle debatiam animadamente um ponto da nossa situação interna, particularmente a ação de certo homem políti co, quando o segundo, inclinando-se para a frente em atitude de advertência, colocou a mão direita no joelho do primeiro e proferiu gravemente:

— *Seu* Schmidt, vá por mim! Aquele sujeito é do exército do Pará!

Do exército do Pará? Que exército era esse que eu desconhecia?

Ovalle explicou: o exército do Pará é formado por esses homenzinhos terríveis que vêm do Norte para vencer na capital da República; são habilíssimos, audaciosos, dinâmicos e visam primeiro que tudo o sucesso material, ou a glória literária, ou o domínio político.

Compreendi. O nome do Pará não implica desdouro, senão honra para o grande estado, torrão natal do homem--símbolo ou Anjo da grande categoria. O meu Pernambucano tem dado muita gente para o exército do Pará, talvez os seus soldados mais típicos.

Da categoria do exército do Pará passamos às demais que são quatro, abrangendo em linhas gerais os principais tipos de caracteres humanos: os DANTAS, os KERNIANOS, os ONÉSIMOS e os MOZARLESCOS.

Os DANTAS são os bons (toda a gente quer ser Dantas), os homens de ânimo puro, nobres e desprendidos, indiferentes ao sucesso na vida, cordatos e modestos, ainda quando tenham consciência do próprio valor. Quem deu nome a este grupo foi o jovem jornalista San Tiago Dantas, cuja natureza aliás vai ser questão de debate no próximo 1º Congresso da Nova Gnomonia, porque a muitos iniciados parece errada a categoria de Anjo atribuída ao senhor San Tiago (alguns o classificam no exército do Pará). Não sofre dúvida que o senhor Prudente de Mais, neto (não o político residente em São Paulo, mas o outro, o poeta e crítico da revista *Estética*) está muito melhor qualificado para o papel de Anjo dos Dantas (uma prova luminosa e até com caráter de revelação está no fato de que, desconhecendo de todo a nova ciência e desejando adotar um pseudônimo literário, escolheu o de Pedro Dantas com que subscrevia as crônicas literárias da revista *A Ordem*). O tipo mais perfeito que conheço nessa categoria é a falecida Elizabeth Leseur. Posso citar outros para instrução do público: São Francisco de Assis, Spinoza, o abade dos *Noivos* de Manzoni, ou mais perto de nós Auta de Sousa, Capistrano de Abreu, Amadeu Amaral, a dona Carmo do *Memorial de Aires*.

Os KERNIANOS são os impulsivos por excelência. Indivíduos de bom coração, capazes de grandes sacrifícios pelos outros, deixam-se no entanto arrastar às vezes à prática dos atos mais condenáveis, não por maldade, mas por um impulso irresistível de cólera: ilustra-o bem o caso passado com um kerniano em Nova Pasárgada e é sempre citado como anedota já hoje clássica nesse ramo de estudos. Um empregado público de pequena categoria, irritado com a conduta impolida de uma viúva, não se conteve e lhe deu um pontapé no ventre, de que resultou a morte imediata, porque a infeliz estava grávida. Incontinenti arrependeu-se, arrancou os cabelos, pediu perdão ao cadáver, e sabendo que a viúva deixava 13 filhos ao desamparo, tomou-os todos ao seu encargo, criou-os, educou-os com o mesmo carinho que dedicava aos próprios filhos: Kerniano puro. O Anjo dos Kernianos é o senhor Ari Kerner, autor de sambas e canções que têm alcançado grande voga. A classe é numerosíssima. Byron e Verlaine foram Kernianos. Greta Garbo é Kerniana. Nobilíssimo exemplar é o senhor H. Sobral Pinto. Ribeiro Couto é um Kerniano. O senhor Paulo Ribeiro de Magalhães, idem. Kerniano foi o primeiro imperador. Já Pedro II foi um Mozarlesco.

Difíceis de definir, sem magoar toda a classe, esses caracteres tão interessantes que são os MOZARLESCOS. Em primeiro lugar – porque são assim denominados? Os Mozarlescos são pessoas que se exprimem ou obram de molde a fornecer aos que os observam uma impressão de coisas consideráveis, ao que todavia não corresponde o conteúdo das suas palavras ou das suas ações. São homens de bem. Acreditam no sufrágio universal. Leem os ensaios econômicos do senhor Mário Guedes. Manifestam decidido pendor pela pedagogia. Mas repito: porque MOZARLESCOS? O nome não pode derivar de Mozart, Wolfgang Amadeu, o grande. Este foi um dos tipos mais quintessenciados de Dantas, exemplar verdadeiramente único porque era um Dantas que se apresentava sob as espécies mais infantis e angélicas, naquele extremo limite em que os Dantas confinam de um lado com os Kernianos e por outro com os Onésimos, de que trataremos a seguir. Se há alguém isento de Mozarlesco, Mozart o foi. Ninguém quer ser Mozarlesco por causa da companhia do conselheiro Acácio, do professor Everardo Backeuser e outros Anjos classificados nessa categoria. No entanto há formas extremamente sutis e refinadas de Mozarlescos: basta dizer que um todo poeta existe algo de Mozarlesco. O grande pintor Cícero Dias, apesar de se revoltar com a classificação (pretende ser um Dantas, embora dê em geral a impressão de Kerniano) é afinal de contas um Mozarlesco, como se depende bem das suas luas lacrimejantes e da concepção da morte nos seus quadros. Guiraldes, o grande poeta argentino, autor de *Dom Segundo Sombra*, a melhor obra de ficção sul-americana, sentindo-se morrer pediu uma dose de *whisky*. Como? *Whisky* na hora por excelência difícil e grave? E Guiraldes explicou aos parentes e amigos que precisava de muita coragem, o caso era muito sério: – *Ahora hay que hablar com Dios!*. Este, sim, não tinha nada de Mozarlesco.

Restam os ONÉSIMOS. O Anjo da classe é um cavalheiro desse nome, que acercando-se abruptamente de uma roda de Dantas ligados pelas mais estreitas afinidades e que debatiam com o mais puro entusiasmo a questão da salvação do país pelo preparo das elites no sentido neotomista, lançou um frio indescritível na roda, causando evidente mal--estar. O Onésimo onde aparece é assim: duvida, sorri, desaponta; diante dele ninguém tem coragem de chorar. O seu *sense of humour* sempre vigilante é o terror dos Mozarlescos avisados. Não é que o faça por maldade: os Onésimos não são maus. O drama íntimo dos Onésimos é não sentirem entusiasmo por nada, não encontrarem nunca uma finalidade na vida. Não obstante, se as circunstâncias os colocam inesperadamente num posto de responsabilidade, podem atuar (não todos, é verdade) com o mais inflexível senso do dever. O senhor Gilberto Freyre, por exemplo, é Onésimo. Em geral os humoristas são Onésimos. Não os humoristas nacionais, que esses pertencem todos ao exército do Pará (os senhores Mendes Fradique, Raul Pederneiras, Luís Peixoto etc. Aporelli faz exceção, é Dantas). Mas os grandes humoristas, Sterne, Swift, Heine são Onésimos. O senhor João Ribeiro é um exemplo muito curioso de Onésimo. O escritor paulista Couto de Barros, outro. Eis em linhas gerais o arcabouço do novo sistema. Cumpre advertir que os tipos puros são raríssimos. Um Dantas pode revelar traços de Onésimo, de Mozarlesco, de Kerniano e até mesmo (mas isso raramente) de exército do Pará. Todavia um Mozarlesco nunca se revela Onésimo, salvo na capacidade de dar azar, o que é também atributo Onésimo. O que determina em última análise a classificação é a dominante. Convém igualmente salientar que do exército do Pará podem fazer parte tipos superiores da humanidade. Santo Inácio de Loyola e Anchieta, o padre Vieira, o padre Leonel da Franca, por exemplo, são do exército do Pará.

Para mostrar a complexidade dos problemas ligados a esse ramo novo de pesquisas, basta citar algumas obras mais notáveis da sua rica bibliografia:
"Categoria gnomônicas" (*Pedro Dantas*);
"Do caráter kerniano de Judas" (*Gilberto Freyre*);
"Um *charlus* pode ser Dantas?"(*Jaime Ovalle*).

CANDOMBLÉ

O grupo, composto de quatro companheiros de bar – o pintor Cicinho de Batateira, o poeta sem fé, sem pão, sem lar, o modesto sociólogo e o Poliglota Antenor, saiu em demanda do candomblé, que durava havia três dias, segundo informara o pintor Cicinho.

Era na rua das Laranjeiras, e quem passasse por ali não suspeitaria jamais que houvesse na cidade um cortiço daquele feitio. Era um cortiço metido no fundo de outro cortiço: uma enfiada de casinholas, tendo cada qual o seu cercadinho, rigorosamente retangular, de forte arame trançado. No centro do pátio havia um alpendre comprido abrigando os tanques de lavar roupa. Ora, tudo isso era ainda contemporâneo do prefeito Barata Ribeiro, de Aluísio Azevedo e do caricaturista Raul.

O grupo entrou, com a devida licença, na salinha do candomblé. Sentiu-se logo haver ali uma mistura de bodum de negro e sangue fresco de galinha.

"I want some fresh air!" falou baixinho o modesto sociólogo, o que traduzido em vulgar responde assim: "Mas que cheiro safado, seu mano!".

O Poliglota Antenor, que se tinha refugiado perto da única janelinha, chamou-o para junto de si. Minutos depois, mais habituados à atmosfera do lugar, puderam observar melhor o ambiente. A saleta dava, à esquerda, para um cubículo onde havia uma cama de casal. Uma pretinha de ano e pico despertou num acesso de tosse convulsa. Depois virou para o outro lado e adormeceu de novo. Lá dentro havia Mulatas Misteriosas, que o pretalhão pai de santo chamava de vez em quando para fazer isto e aquilo. À direita havia uma porta aberta para o santuário. A figura central, no primeiro plano, era a Sereia: branca formosa, cabelos e olhos pretos, nua da cintura para cima, pomas formidáveis, sustentava no braço direito o menino Jesus. Era Nossa Senhora? era a Mulher Branca? era a Jandira do poeta sem fé, sem pão, sem lar? a Harpista do pintor Cicinho? a Estrela da Manhã do Poliglota? Havia santinhos miúdos em torno dela, covilhetes de balas e caramelos, frascos de dendê, pires com amêndoas, pimenta-do-reino, a Santa de Coqueiros, fitas, conchinhas e não sei que mais, e tudo ia subindo num altar em degraus, todo iluminado... No fundo, em cima de tudo, tronava um tabernáculo com a imagem de São Pedro de madeira sobre um pano de seda carmesim, onde se via bordado o sol, uma harpa e flores. Estava muito bonito!

O pai de santo acabava a cozinha da oferenda.

Eram duas palanganas de barro, uma cheia de ovos de galinha com a casca salpicada de sangue, a outra com as frangas e os pombos sacrificados. O preto trabalhava com vagar, estava visivelmente fatigado. Comandava com autoridade bonachona, mas firme. Despejou dendê em cima de tudo. Em seguida tirou do santuário uma grande palma de rosas amarelas e com uma faca de ponta ia cortando cerce cada flor, que colocava nas palanganas, cobrindo o manjar de Ogum.

— É... Quem entrou tem que se assujeitá! sentenciou o pai de santo.

"*Are you going to eat it?*" perguntou ao Poliglota o modesto sociólogo, o que traduzido em vulgar responde assim: "Seu mano, você vai comer essa porqueira?".

Mas o receio do grupo era desnecessário: só tinham direito ou dever de cumprir o rito os que estavam presentes desde o início da sessão. Esses comeram a pimenta e depois foi cada um por sua vez soprar o seu desejo na boca das palanganas. Era preciso descalçar os sapatos, ajoelhar de quatro e pronunciar o voto sobre a oferenda. Os mulatos e as pretinhas ajoelharam e pediram. Em seguida pai de santo mandou comprar papel de embrulho. Veio o papel de cor, pai de santo embrulhou as palanganas, amarrou com duas fitas de seda, uma branca, outra azul, e tornou a embrulhar tudo de novo em papel de jornal amarrado com barbante. Tinha acabado a sessão. Pai de santo disse:

— Quem é de abença, abença; quem é de boa-noite, boa-noite.

LENINE

    *H*omens há que levam uma vida obscura e só depois da morte se vai tecendo a lenda em que se lhes perfaz a glorificação. A outros, ao contrário, a lenda os anuncia. Surge primeiro um nome, até então de todo desconhecido, e em torno dele as imaginações trabalham, as informações contraditórias pululam, e à mercê desse lento processo de cristalização uma estranha figura vai avultando extrarreal e muitas vezes com proporções até nitidamente inumanas.
    Lenine era para mim um desses nomes. E no entanto, preciso dizê-lo, Lenine foi uma das grandes decepções da minha vida. Assim acontece sempre quando a imaginação superexcitada longamente se encontra de repente face a face com a realidade no cotidiano das coisas.
    Lenine!... Lembram-se como essas três sílabas começaram a aparecer no serviço telegráfico da guerra? No atordoamento das derrotas russas o nome se insinuava misteriosamente como de um habilíssimo espião a soldo de agentes alemães e servindo contra a sua própria pátria. Lenine era isto. Lenine era aquilo. Lenine era agente alemão? O nome por si só vivia de uma vida intensa. Dir-se-ia criação verbal de um grande poeta, um desses grandes artistas que guardam toda a força mesmo sob os gestos de maior carinho – um Bach na música, um Villon na poesia, um Kreisler na virtuosidade. A pujante virilidade do vocá-

bulo lhe vinha daquela líquida inicial, rica de associações com o felino formidável: Le... LEO, LEONIS. E toda essa força se abrandava de súbito na aliteração da doce dental nasal e com o "i" claro, infantil e corajoso!
    Depois do nome veio a imagem visual física. Essa também me cativou enormemente, sobretudo os olhos pequeninos, com a sua expressão, arguta, maliciosa, cautelosa.
    Quando, porém, chegou a hora de maiores intimidades intelectuais, Lenine se me mostrou já imbuído do que há de mais odioso no espírito pequeno-burguês: a preocupação do ganho, a cobiça dos bens materiais, o gozo e delícia da propriedade.
    Se me encontrava na rua, pedia tostão. Se me via à janela, entrava a pedinchar quanto deparava em minha sala:
    — Me dá um livro! aquele!
    — Aquele é em francês, você não entende.
    — Então aquele!
    — Aquele é em inglês.
    — Não tem figura?
    — Não tem figura.
    — Deixe ver!
    E eu mostrava. Um silêncio.
    — Então me dá um biscoito!
    — Acabaram-se.
    — Então eu esbodego a sua porta!
    Lenine nunca diz "esbodegar", mas coisa pior, que não posso citar aqui. Esbodegar a minha porta é meter os pés nela, atirar pedra, rabiscá-la com giz ou carvão. Lenine inicia a represália, mas interrompe-se muito espantado quando eu lhe advirto:
    — Lenine você é um malfeitor. O que você está fazendo não passa de uma vesânia. É pura e simplesmente o rompimento unilateral de um contrato sinalagmático! Toque de mal.
    Lenine estende o dedo mindinho, toca de mal e vai agitar a Polônia, que é o cortiço da travessa do Cassiano.

Uma tarde entrou-me quarto adentro um canarinho-
-da-terra. Devia ter fugido de alguma gaiola, porque se
deixou prender com facilidade. Passarinho de gaiola não
sabe viver solto na cidade. Morre de fome ou de pancada.
De ordinário acaba caindo contente em algum alçapão.
Meu vizinho do andar de baixo tem sempre o seu alçapão
armado para esses fugitivos. O canarinho, porém, preferiu
o alçapão maior do meu quarto, onde jamais cairá o passarinho verde dos meus sonhos.

Seguro o canarinho, tratei logo de convocar a trinca do
Curvelo para que me arranjassem uma gaiola. — Lenine
tem! Lenine tem!

Chamou-se Lenine, que compareceu de gaiola em
punho e mais digno do que nunca. Entramos logo em
negociações.

— Quanto quer pela gaiola?

— Dois tostões!

Era uma gaiola em petição de miséria.

— Muito caro. Só dou mil-réis.

E fui logo passando a mão na gaiola, o que encheu de
indignação o proprietário. Lenine abriu no berreiro, esbra-
vejou e correu a apanhar pedras para desacatar – esbodegar – as minhas vidraças. A trinca fazia grande caçoada.

É assim Lenine: esquivo, irascível, exigente. Dana da
vida quando a trinca o chama de *tatuí de areia*.

No entanto não lhe posso guardar rancor, porque se
lhe digo: "Lenine, você é um grande malandro! Não é?" ele
me olha meio sério, meio rindo, com um ar tão meigo, tão
lindo, tão cândido, que é de fazer inveja ao primeiro *team*
dos anjos de Nosso Senhor.

Mas há a questão social... Falando de Lenine, do
Lenine do Curvelo, ao comunista Otávio Brandão, este me
respondeu sem o menor entusiasmo:

— Um Lenine batizado...

OS QUE MARCAM
RENDEZ-VOUS COM A MORTE

Decididamente sou o sujeito mais desprovido daquilo que os espiritistas chamam o senso da mediunidade. Nunca soube distinguir aquele não sei quê que assinala os que têm marcado um *rendez-vous* com a morte. Se porventura em 1913 tivesse encontrado em Paris o americano Alan Seeger, não teria nem por sombra notado nele a menor advertência de predestinação àquela bala de metralhadora que o abateu na flor da idade três anos depois. Mesmo que ele me houvesse lido o poema a que a sua morte veio juntar uma segunda profundidade, é provável que lhe tivesse sorrido aos versos como a uma pura imagem de beleza:

I have a rendez-vous with Death
When Spring brings back blue days and fair.

Quando eu era menino, conheci de vista uma moça cuja beleza a fazia muito falada. Nem era propriamente beleza o que cativava nela, mas uma seiva de mocidade, de bom sangue, de alegria de cores saudáveis. Tenho esquecido muito nome na vida, mas o "dela" não esqueci nunca: Alice Monteiro.

Ainda hoje e passados tantos anos que é morta, esse nome evoca para mim a mesma visão de radiante juventude. Parecia uma dessas criaturas predestinadas a sobreviver aos companheiros de geração. A febre amarela, a gripe, as pneumonias, parece que são para os outros, não para elas. Alice Monteiro morreu no ano mesmo em que a conheci. Foi a primeira vez que a morte me perturbou profundamente. Antes disso ela andava em meu espírito associada sempre à ideia de decadência física. Eu não podia conceber que uma moça bonita e cheia de vida pudesse morrer assim tão depressa!

Algumas vezes, raras, duas ou três, recordei *après coup* em dadas criaturas um certo sinal que produziu em mim não sei que estranheza. Não tive porém a lucidez de distinguir nele a advertência...

Lembro-me que uma tarde, na exposição de Segall, Tobias Moscoso apareceu de repente, abraçou-me e disse-me algumas palavras. Guardei uma impressão estranha desse encontro. Mas nem um segundo me passou pela ideia que estava com o amigo pela última vez. Hoje é que, recordando aqueles momentos e a minha sensação de estranheza, noto que havia no ar e nas palavras de Tobias Moscoso a marca do *rendez-vous* ajustado com a morte.

Conheci nos *bars* da Galeria Cruzeiro um boêmio que tinha muita admiração pelos livros de Ribeiro Couto. Quando um dia lhe revelei que era amigo íntimo do poeta, ficou contente como uma criança. E pediu-me que lhe arranjasse um livro com dedicatória do Couto. Couto mandou o livro com a dedicatória, mas na distribuição de outros exemplares houve uma troca e o meu boêmio ficou com o volume sem o autógrafo. Tempos depois Couto veio ao Rio. Uma noite estávamos no *Lamas* quando vi ao fundo o rapaz. Ele se dirigia para o nosso lado. Quis apresentá-lo ao Couto. Porém este não se sentia disposto para o encontro naquela ocasião. O boêmio passou por nós sem nos ver. Não há nisso nada de extraordinário. Mas quando o rapaz passou e eu olhei-o pelas costas, que foi que me fez ficar longo tempo a segui-lo com os olhos? Era um rapaz forte, brigador valente. No entanto naquele instante senti nele qualquer coisa de para lá da vida. De fato morreu um mês depois.

FRAGMENTOS

Um aquário é um verdadeiro encantamento para os olhos de um menino. De um menino? Creio que para os de toda a gente. Eu por mim confesso que sou frequentador assíduo do pequeno aquário do Passeio Público. E ainda da última vez que lá estive fui testemunha da alegria imensamente divertida que despertava num gurizinho de 27 meses apenas o espetáculo dos peixes cambalhotando atrás das paredes de vidro do aquário. A pesada tartaruga incutia-lhe um arzinho sério. Mas como ele se ria do cardume claro, ágil, nítido das pequeninas crocorocas! Dos camarões batendo as patinhas dorsais incessantemente! O peixe-enxada, chato e quase redondo, com as duas listras escuras bem marcadas, parecia um brinquedo bonito – como os peixes que os índios do Amazonas fabricam para os filhos e que eu tive ocasião de ver no Museu do Pará. As moreias verdes, à semelhança de cobras e engolindo a água com os movimentos de deglutição dos ruminantes; os baiacus de espinho, nos quais as nadadeiras finíssimas contrastam com a bojuda armadura; as cabrinhas, andando no fundo da água e levando bem abertas, como leques, as nadadeiras peitorais; os feios mangangás, confundindo-se preguiçosos com as pedras, onde aderiam pequenas anêmonas azuis, estrelas-do-mar cinzentas e escarlates; os robalos bicudos; as minaguaias de barbinhas engraçadas debaixo da queixada; os caranhos gordos e chatos; o bagre urutu; e o que deixei para o fim – o polvo! o polvo com os tentáculos tão macios e tão cruéis! olhos de gente, olhinhos malvados, inteiramente despreocupado no meio dos pobres siris e caranguejos apavorados, de patolas escancaradas mas sem ânimo de fechá-las nas pontas dos tentáculos do monstro inimigo...

* * *

Há de haver muita gente que se lembre ainda da rua do Ouvidor de antigamente... Do agrupamento quase intransitável do canto da rua Gonçalves Dias, onde labregos floristas vendiam cravos e rosas espetados em mamões verdes... Do tumulto do velho Pascoal e do *Café do Rio*... Da porta de madame Dreyfus, a linda madame Dreyfus muito branca e muito loura, porta de grande significação política porque lá aparecia todas as tardes o senador Rosa e Silva cercado de seus amigos... Perto ficava a *Confeitaria Castelões*, onde se reunia a boêmia literária do tempo – Bilac, Coelho Neto, Guimarães Passos, Emílio de Menezes, Patrocínio, tantos outros, e mais vivo e mais surpreendente que todos, Paula Ney... Bem mais longe o sirgueiro e alfaiate militar, a cuja porta comparecia todos os dias o derrotado Custódio José de Melo, sempre de jaquetão e cartola – porque a cartola ainda era coisa de uso cotidiano e o almirante não relaxava...

* * *

Todos os dias a poesia reponta onde menos se espera: numa notícia policial dos jornais, numa tabuleta de fábrica, num nome de hotel da rua Marechal Floriano, nos anúncios da Casa Matias... Poesia de todas as escolas. Parnasiana: "Fábrica Nacional de Artigos Japoneses" (não sei se ainda existe, era na Praça da República). *"Surréaliste"* "Hotel

Península Fernandes" (ao meu primo Antoninho Bandeira, que perguntou ao proprietário português: "Porque Península Fernandes?", respondeu o homem: *"F'rnandes* porque é meu nome, e *Península* porque é bonito!). Por aí assim, românticos, simbolistas, futuristas, unanimistas, integralistas...

Faltava à minha coleção algum *haikai*. Acabo de achar vários agora, e estupendos, onde menos esperava: num livro de fórmulas de *toilette* para mulheres.

Alguns exemplos:

Água de rosas
Glicerina
Bórax
Álcool

Que brilho verbal, que surpresa para o ouvido na sonoridade seca da palavra *álcool* depois da musicalidade um pouco solta dos dois primeiros versos e desfazendo num como acorde suspensivo a cadência perfeita do verso *bórax*!

Tintura de benjoim
Borato de sódio
Tintura de quilaia
Água de rosas

Água-de-colônia
Água de flores de laranjeira
Borato de sódio
Mentol

Óleo de rícino
Óleo de amêndoas doces
Álcool de 90º
Essência de rosas

Dirão que o *haikai* tem só três versos. Pois aqui vai um:

Pó de arroz
Talco
Subnitrato de bismuto

Outro:

Água de rosas
Ácido bórico
Essência de mel da Inglaterra

Há mesmo um que constitui um verdadeiro "epigrama irônico e sentimental". Senão, vejam:

Leite de amêndoas
Bicloreto de mercúrio

O livro de Marie d'Osny encerra, nestas e outras receitas, uma lição e um exemplo de poesia.

* * *

O brasileiro da geração que fez a república era um sujeito que usava fraque e gostava de discursos. A mania do fraque passou, mas o gosto do discurso persiste, apesar da campanha de ridículo da nova geração de jogadores de *box, foot-ball*, verso livre e outros esportes estrangeirados.

Todavia não há motivo para desesperar. Houve alguma melhora, sensível em raros sinais que não terão escapado ao observador arguto. Por exemplo: o voluntário silêncio que se impuseram as vocações oratórias da geração que anda agora beirando os quarenta. O senhor Edmundo Luz Pinto é uma dessas vocações. Em outros tempos teria o renome de um grande orador. No entanto vive caladinho.

Prefere fazer carreira por outras qualidades mais frias da inteligência. Assim os outros.

A geração anterior é que ainda não entregou os pontos. Volta e meia, e quando menos se espera, surge uma metáfora das brabas, um efeito como aquele do doutor Sampaio Correia no enterro de Amoroso Costa, o nosso grande matemático vítima da catástrofe do *Santos Dumont*:

— Tão modesto na morte como o fora em vida, quis que o seu corpo fosse o último a aparecer...

O HEROÍSMO DE CARLITO

Não há hoje no mundo, em qualquer domínio de atividade artística, um artista cuja arte contenha maior universalidade que a de Charles Chaplin. A razão vem de que o tipo de Carlito é uma dessas criações que, salvo idiossincrasias muito raras, interessam e agradam a toda a gente. Como os heróis das lendas populares ou as personagens das velhas farsas de mamolengo.

Carlito é popular no sentido mais alto da palavra. Não saiu completo e definitivo da cabeça de Chaplin: foi uma criação em que o artista procedeu por uma sucessão de tentativas e erradas.

Chaplin observava sobre o público o efeito de cada detalhe.

Um dos traços mais característicos da pessoa física de Carlito foi achado casual. Chaplin certa vez lembrou-se de arremedar a marcha desgovernada de um tabético. O público riu: estava fixado o andar habitual de Carlito.

O vestuário da personagem – fraquezinho humorístico, calças lambazonas, botinas escarrapachadas, cartolinha – também se fixou pelo consenso do público.

Certa vez que Carlito trocou por outras as botinas escarrapachadas e a clássica cartolinha, o público não achou graça: estava desapontado. Chaplin eliminou imediatamente a variante. Sentiu com o público que ela destruía a unidade física do tipo. Podia ser jocosa também, mas não era mais Carlito.

Note-se que essa indumentária, que vem dos primeiros filmes do artista, não contém nada de especialmente extravagante. Agrada por não sei quê de elegante que há no seu ridículo de miséria. Pode-se dizer que Carlito possui o dandismo do grotesco.

Não será exagero afirmar que toda a humanidade viva colaborou nas salas de cinema para a realização da personagem de Carlito, como ela aparece nessas estupendas obras-primas de *humour* que são *O garoto*, *Ombro arma*, *Em busca do ouro* e *O circo*.

Isso por si só atestaria em Chaplin um extraordinário dom de discernimento psicológico. Não obstante, se não houvesse nele profundidade de pensamento, lirismo, ternura, seria levado por esse processo de criação à vulgaridade dos artistas medíocres que condescendem com o fácil gosto do público.

Aqui é que começa a genialidade de Chaplin. Descendo até o público, não só se vulgarizou, mas ao contrário ganhou maior força de emoção e de poesia. A sua originalidade extremou-se. Ele soube isolar em seus dados pessoais, em sua inteligência e em sua sensibilidade de exceção, os elementos de irredutível humanidade. Como se diz em linguagem matemática, pôs em evidência o fator comum de todas as expressões humanas. O olhar de Carlito, no filme *O circo*, para o brioche do menino faz rir a criançada como um gesto de gulodice engraçada. Para um adulto pode sugerir da maneira mais dramática todas as categorias do desejo. A sua arte simplificou-se ao mesmo tempo que se aprofundou e alargou. Cada espectador pode encontrar nela o que procura: o riso, a crítica, o lirismo ou ainda o contrário de tudo isso.

Essas reflexões me acudiram ao espírito ao ler umas linhas da entrevista fornecida a Florent Fels pelo pintor

Pascin, búlgaro naturalizado americano. Pascin não gosta de Carlito e explicou que uma fita de Carlito nos Estados Unidos tem uma significação muito diversa da que lhe dão fora de lá. Nos Estados Unidos Carlito é o sujeito que não sabe fazer as coisas como todo mundo, que não sabe viver como os outros, não se acomoda em meio algum – em suma um inadaptável. O espectador americano ri satisfeito de se sentir tão diferente daquele sonhador ridículo. É isto que faz o sucesso de Chaplin nos Estados Unidos. Carlito com as suas lamentáveis aventuras constitui ali uma lição de moral para educação da mocidade no sentido de preparar uma geração de homens hábeis, práticos e bem quaisquer!

Por mais ao par que se esteja do caráter prático do americano, do seu critério de sucesso para julgamento das ações humanas, do seu gosto pela estandardização, não deixa de surpreender aquela interpretação moralista dos filmes de Chaplin. Bem examinadas as coisas, não havia motivo para surpresa. A interpretação cabe perfeitamente dentro do tipo e mais: o americano bem verdadeiramente americano, o que veda a entrada do seu território a doentes e estropiados, o que propõe o pacto contra a guerra e ao mesmo tempo assalta a Nicarágua, não poderia sentir de outro modo.

Não importa, não será menos legítima a concepção contrária, tanto é verdade que tudo cabe na humanidade vasta de Carlito. Em vez de um fraco, de um pulha, de um inadaptável, posso eu interpretar Carlito como um herói. Carlito passa por todas as misérias sem lágrimas nem queixas. Não é força isto? Não perde a bondade apesar de todas as experiências, e no meio das maiores privações acha um jeito de amparar a outras criaturas em aperto. Isto é pulhice?

Aceita com estoicismo as piores situações, dorme onde é possível ou não dorme, come sola de sapato cozida como se se tratasse de alguma língua do Rio Grande. É um inadaptável?

Sem dúvida não sabe se adaptar às condições de sucesso na vida. Mas haverá sucesso que valha a força de ânimo do sujeito sem nada neste mundo, sem dinheiro, sem amores, sem teto, quando ele pode agitar a bengalinha como Carlito com um gesto de quem vai tirar a felicidade do nada? Quando um ajuntamento se forma nos filmes, os transeuntes vão parando e acercando-se do grupo com um ar de curiosidade interesseira. Todos têm uma fisionomia preocupada. Carlito é o único que está certo do prazer ingênuo de olhar.

Neste sentido Carlito é um verdadeiro professor de heroísmo. Quem vive na solidão das grandes cidades não pode deixar de sentir intensamente o influxo da sua lição, e uma simpatia enorme nos prende ao boêmio nos seus gestos de aceitação tão simples.

Nada mais heroico, mais comovente do que a saída de Carlito no fim de *O circo*. Partida a companhia, em cuja *troupe* seguia a menina que ele ajudara a casar com outro, Carlito por alguns momentos se senta no círculo que ficou como último vestígio do picadeiro, refletindo sobre os dias de barriga cheia e relativa felicidade sentimental que acabava de desfrutar. Agora está de novo sem nada e inteiramente só. Mas os minutos de fraqueza duram pouco. Carlito levanta-se, dá um puxão na casaquinha para recuperar a linha, faz um molinete com a bengalinha e sai campo afora sem olhar para trás. Não tem um vintém, não tem uma afeição, não tem onde dormir nem o que comer. No entanto vai como um conquistador pisando em terra nova. Parece que o Universo é dele. E não tenham dúvida: o Universo é dele.

Com efeito, Carlito é poeta.

ELIZABETH BARRETT BROWNING

*E*m *Two or three graces* Aldous Huxley conta que, entrando certa vez num salão, ouviu um rapaz que dizia em alto e bom som: "Somos absolutamente modernos. Minha mulher pode se entregar a qualquer um, pelo que me toca. Não me importo. Ela é livre. E eu sou livre. Isto é o que eu chamo ser moderno". A Huxley, ao contrário, isso pareceu primevo, quase pré-humano, visto que o desejo promíscuo é geologicamente velho. "Modernos de fato, refletiu ele, são os Brownings". O amor é a nova invenção, e nenhum casal de criaturas humanas foi jamais tão longe, mesmo nos domínios da fábula, como Elizabeth Barrett e Robert Browning, cujo grande e inalterável sentimento tem, pelas circunstâncias e vicissitudes em que se formou e cresceu, a beleza cíclica e indestrutível dos mitos. Pertence às coisas ideais da vida, disse um comentador.

Tanto mais curioso é por isso que em nossa época de tamanho favor para as biografias romanceadas pouco se tenha escrito sobre a vida daquela que nos *Sonnets from the portuguese* deixou as mais altas inspirações que o amor de um homem já inspirou a uma mulher. Creio que até agora só existia o livro de Germaine-Marie Marlette (*La vie et l'ouvre de Elizabeth Barrett Browning*), publicado em 1905. Agora nos chega de Nova York a obra de Dormer Creston *Andromeda in Wimpole Street*. Wimpole, 50 foi a casa onde Elizabeth passou os seis anos de sua vida anteriormente ao casamento. Ali conheceu as horas mais tristes e desoladas, quando voltou das praias de Torquay, onde perdera o irmão afogado. Ali visitou-a Robert Browning pela primeira vez. E dali a tirou para levá-la à Itália. Mas isso depois de um tormentoso namoro de muitos anos, cujos episódios e carinhos podemos muito bem acompanhar, porque se fez sobretudo por cartas. E todas essas cartas, exceto uma, queimada por Browning, foram conservadas.

* * *

Elizabeth Barrett Browning nasceu em 1805 e foi a primogênita de uma garotada de 11 irmãos, que todos sofreram, com ela, a tirania de um pai, sujeito esquisitíssimo, exercendo no ambiente da família os instintos ancestrais de filho e neto de senhores de escravos na Jamaica. Harrow e Cambridge, toda uma existência na metrópole, não conseguiram extirpar do coração de Edward Barrett a paixão hereditária do mando incontrastável. E a sua intransigência se manifestou sobretudo na oposição com que sempre contrariava qualquer casamento na família, não só das meninas (o que é frequente da parte de pais extremosos e ciumentos), mas também dos rapazes. Sem nenhum motivo de conveniência material ou moral: não queria e pronto! Veremos com que excessos de dureza agiu no caso da pobre Elizabeth.

Desde os mais tenros anos que a futura autora dos *Sonnets from the portuguese* revelou gosto e talento para a poesia. Lia Homero como as demais crianças leem as histórias da Gata Borralheira e do Pequeno Polegar. Como seu pai a proibisse de ler um certo rincão da biblioteca onde havia livros de moral e linguagem duvidosas, claro que Elizabeth obedeceu. Tempos depois veio ele a descobrir que a menina estava devorando com ardente paixão as obras de Voltaire, Goethe e Rousseau.

Aos dez anos já era autora de várias tragédias em inglês e francês representadas na *nursery* pelos irmãozinhos. Imagine-se a cena do fedelho exclamando com ar aniquilado:

> *Qui suis-je? Autrefois un général romain,*
> *Maintenant, esclave de Carthage, je souffre en vain!*

Aos 13 anos escreveu um poema épico intitulado *A batalha de Maratona*. Elizabeth criança convivia familiarmente no mundo dos deuses e dos heróis. Pobrezinha! com pouco teria que exercer a seu mau grado uma das formas mais duras e mais difíceis do heroísmo – o que resulta do contraste entre uma natureza ardente e rica e a situação de inválido.

* * *

Elizabeth sofreu um acidente por volta dos 15 anos, quando selava o *poney* em que gostava de montar na propriedade de seu pai, em Herefordshire. Algumas notícias biográficas aludem a uma lesão na espinha. É difícil distinguir a verdadeira causa da quase completa invalidez de Elizabeth, em virtude desse pudor esquisito que mostra a gente de raça inglesa quando trata de coisas do físico. Haja vista este livro de Dormer Creston, onde nunca se pronuncia a palavra *tuberculose*. No entanto o que ressalta de toda a narrativa é que essa misteriosa enfermidade foi, sem sombra de dúvida, a tuberculose. Falando de uma crise grave que a doentinha atravessou em Londres, Dormer Creston descreve-a como "o rompimento de um vaso sanguíneo", eufemismo bem da raça inglesa para apresentar com delicadeza o que foi na realidade uma violenta hemoptise. O fato é que Elizabeth foi uma tuberculosa alinhadíssima. Na sua triste reclusão em Wimpole Street, no quartinho dos fundos da casa, sempre reclinada num sofá, sem ver os estranhos, cuja curiosidade fora grandemente excitada pelos versos admiráveis de *The seraphim and other poems*, o seu segundo livro, dava ela a impressão romântica de uma constituição apenas delicada e invalidada pelo acidente do *poney*.

A sua fama já tinha chegado à América com a publicação do *Cry of the children*, poema de largo alcance social em que a poetisa protestava contra o trabalho das crianças nas fábricas. Dele disse Edgard Poe que respirava "uma indomável energia nervosa – um horror sublime em sua simplicidade – de que o próprio Dante se haveria de orgulhar".

Depois da perda do irmão, o destino de Elizabeth parecia definitivamente encerrado no solitário ambiente do seu quartinho de inválida. A mocidade passara e fora vazia de todo interesse sentimental. O raiozinho de sol em que se aquecia nos dias de inverno o seu cãozinho Flush ("meu companheiro constante, meu amigo, minha distração") dava-lhe inveja: na sua vida sem nenhuma esperança faltava o equivalente moral desse raiozinho de sol que era a delícia de Flush. Elizabeth já completara quarenta anos.

* * *

Foi então que lhe baixou do céu aquela sombra mística de que fala no primeiro dos seus sonetos. Representou-a tomando-a de trás pelos cabelos:

— *"Adivinha quem sou!"* – *"A Morte", eu falo.*
E a voz responde: – *"A Morte não, o Amor!"*

Era de fato o amor. O mais forte, o mais puro, o mais completo que já foi dado a nenhuma mulher experimentar da parte de um homem. E que homem era esse!

Robert Browning não pensava em se casar. Sentia-se obrigado a uma obra poética que seria uma mensagem de otimismo e conforto moral para a espécie. Além disso julgava não poder nunca encontrar uma mulher que significasse bastante para ele. Os versos de Elizabeth, as notícias vagas que tinha dela despertaram a sua curiosidade. Escreveu-lhe pedindo autorização para uma visita. *"I love your verses with all my heart, dear miss Barrett"*. Ora, a *"dear miss Barrett"* viria a ser depois e para o resto da vida a sua *"dearest Ba"*.

* * *

Quem não esteve pelos autos foi o sinistro filho e neto de senhores de escravos da Jamaica. A doçura e a triste condição de sua primogênita não lograram nunca aplacar o natural tirânico de Edward Barrett. Mas embora tivesse pelo pai o afeto mais firme e mais respeitoso, Elizabeth deu provas de que nem só nos seus versos havia aquela "indomável energia nervosa" que Poe já notara no poema do *Cry of the children*. O novo Perseu teve que arrebatar a sua pobre Andrômeda inválida. Fugiram para a Itália. Foram durante 16 anos inalteravelmente felizes, não tendo faltado a Elizabeth nem mesmo as delícias da maternidade. Só lhe faltou a bênção do pai que nunca a perdoou: nunca abriu nenhuma das cartas que a filha lhe escrevia regularmente de Itália. A felicidade dela em vez de o desarmar, irritava-o ainda mais. Morreu assim, fechado no seu rancor.

* * *

E Elizabeth expirou como um passarinho. Foi quase de repente (na verdade vivera morrendo). Browning descreve-a no supremo momento: "Sempre sorrindo, feliz, e com um rosto de criança, e em poucos minutos morreu nos meus braços, encostando a cabeça em minha face".

Daquela vez era a Morte mesmo, mas de mãos dadas com o Amor.

FLAUTA DE PAPEL
(1957)

VITALINO

Certa vez, em circunstância muito especial, perguntei a quem estava comigo: "De onde que você é?" – "De Caruaru", ela respondeu. Foi a conta.

Passaram-se os anos e eu vim conhecendo muitos outros naturais da cidadezinha pernambucana: Bartolomeu Anacleto, Austregésilo de Athayde, Álvaro Lins, os irmãos Condé, cada um dos quais – os irmãos Condé e os outros três – bastaria para dar celebridade ao mais caruaru recanto do Brasil.

Mas não me consolo de não conhecer ainda em carne e osso Vitalino.

— Vitalino?

— Sim, Vitalino. Vitalino Pereira dos Santos. Um homem de 43 anos, analfabeto, que nunca calçou sapatos, nunca entrou num cinema, nunca desceu a Recife...

— Você está dizendo o que ele nunca fez... E o que é que ele faz?

— O que ele faz, o que ele sempre fez desde os seis anos de idade, olhe estes papagaiozinhos, estes tourinhos, aqueles burrinhos, são essas figuras de barro, que ele vende todos os sábados na feira de Caruaru.

A feira semanal de Caruaru não é como estas do Rio não. É toda a rua do Comércio, quer dizer um estirão de quilômetros, tão comprida quanto a mesma cidade, e onde se compra de um tudo, desde o gado em pé até o que você possa imaginar, salvo, bem entendido, geladeira elétrica e automóvel Cadillac. A feira de Tenochtitlan, que tanto assombrou a Cortez, devia de ser assim. Quando Álvaro Lins e João Condé eram meninos, iam todos os sábados à feira indigestar com frutas e doces e comprar calungas de barro. Compravam os calungas (que ainda não eram os de Vitalino), não, como fazem agora, para adornar o apartamento, mas para massacrá-los nos jogos símile-militares da meninice. Porque é preciso que se saiba: esses calunguinhas de barro, hoje tão admirados pelos estrangeiros que nos visitam e que os apreciadores da arte moderna admitem nas mesas e vitrinas de seus *living-rooms* ao lado das cerâmicas de Picasso e na companhia das deformações expressionistas de Portinari (os seus autores, pobres matutos nordestinos, jamais pensaram merecer um dia tamanha honra), começaram a ser feitos para servirem de paliteiros ou brinquedos infantis; eram manufatura de louceiros, que fabricavam (e continuam a fabricar) panelas, talhas, moringas (no Norte se chamam "quartinhas"), potes, jarros etc.

A mãe de Vitalino era louceira. E foi vendo-a moldar os tourinhos de cachaço crivado de furos para neles se espetarem os palitos de dentes, que Vitalino sentiu aos seis anos vontade de plasmar aqueles outros bichos, como os que via no terreiro de casa – galos, cachorros, calangos. Depois feras – onças, jacarés. Depois gente...

Como foi aprendendo? Ele mesmo achou a melhor expressão para a resposta quando disse a João Condé: "Puxando pela cadência".

Vitalino viveu anos e anos obscuro, casou-se, teve seis filhos, três dos quais já iniciados hoje na arte do pai. Parece que quem trouxe o nome de Vitalino para o Rio foi Augusto Rodrigues. Hoje Vitalino já é citado em Paris... Mas continua comparecendo todos os sábados à feira de Caruaru com o seu tabuleiro de calungas de barro. Só que hoje não custam mais dois vinténs, como no tempo da meninice de João Condé.

Também a arte de Vitalino veio se complicando. Já não se limita ele aos simples bichinhos de plástica tão ingenuamente pura. Atira-se a composições de grupos, com meio metro de comprido e uns vinte centímetros de altura. Cenas da terra: casamentos, confissões na igreja, o soldado pegando o ladrão de galinhas ou o bêbado, a moenda, a casa de farinha etc. Já vi Gilberto Freyre esbravejar contra essa degeneração para o anedótico numa arte que encantava tanto sem auxílio da anedota. Foi em casa de João Condé, que naturalmente não ousou piar na frente do trovejante mestre de Apipucos. Mas, cá para nós, ele bem que gosta do matuto trepado no alto do pé-de-pau e atirando nas duas onças...

Eu poderia contar muita coisa interessante de Vitalino. Não o faço porque não quero roubar um assunto que pertence a Condé. Um dia vocês verão tudo isso no *Jornal de Letras*, ou quem sabe aqui mesmo na *Manchete*, se Henrique Pongetti conseguir que o homem dos "arquivos implacáveis" venha para estas páginas, com os seus *flashes* e as suas fichas.

Aliás, nesse delicioso ainda que humilde gênero de escultura, Vitalino não está sozinho não. Outras cidadezinhas do interior de Pernambuco (de todo o Nordeste, creio eu, não sou entendido no assunto, esta crônica devia ter sido encomendada à mestra Cecília Meireles) têm o seu Vitalino. Por exemplo Serinhaê tem o Severino. Naturalmente quando se trata de saber quem entre os dois é o tal, os colecionadores se dividem. E naturalmente também, os Condés torcem para o Vitalino, que é de Caruaru.

"E naturalmente também que é de Caruaru", enfim, é natural que o outro mestre-artesão também seja de Caruaru.

Já tive muitas dessas figurinhas em minha casa. Não sei se alguma era de Vitalino ou de Severino. Sei que eram realmente obras de arte, especialmente certo papagaiozinho naquela atitude jururu de quem (quem papagaio) está bolando para acertar uma digna do anedotário da espécie. A simplificação plástica valia as de Lipschitz. Acabei dando o meu papagaio. Sempre acabei dando os meus calungas de barro. Não há coisa que se dê com mais prazer.

Mesmo porque, quando não se dá, elas se quebram. Se quebram com a maior facilidade. E isso, na minha idade, é de uma melancolia que me põe doente. Não quero mais saber de coisas efêmeras. Deus me livre de ganhar afeição a passarinho: eles morrem à toa. Flor mesmo dei para só gostar de ver onde nasceu, a rosa na roseira etc. Uma flor que murcha num vaso está acima de minhas forças. Sou um mozarlesco, que hei de fazer?

MINHA MÃE

O livro mais precioso de minha biblioteca é um velho caderninho de folhas pautadas e capa vermelha, comprado na Livraria Francesa, rua do Crespo, 9, Recife e em cuja página de rosto se lê: "Livro de assentamento de despesas. Francelina R. de Sousa Bandeira". Francelina Ribeiro de Sousa Bandeira era o nome de minha mãe. Mas toda a gente a conhecia e tratava por dona Santinha. Em meu poema dos "Nomes" escrevi:

Santinha nunca foi para mim o diminutivo de santa.
Santinha eram dois olhos míopes, quatro incisivos
[claros à flor da boca.
Era a intuição rápida, o medo de tudo, um certo modo
[de dizer "Meu Deus, valei-me".

Até hoje não pude compreender como tão completamente pude dissociar o apelido Santinha (mas só na pessoa de minha mãe) do diminutivo de santa. Santinha é apelido que só parece bom para moça boazinha, docinha, bonitinha – em suma mosquinha morta, que não faz mal a ninguém. Minha mãe não era nada disso. E conseguiu, pelo menos para mim, esvaziar a palavra de todo o seu sentido próprio e reenchê-lo de conteúdo alegre, impulsivo, batalhador, de tal modo que não há para mim no vocabulário de minha língua nenhuma palavra que se lhe compare em beleza cristalina e como que clarinante.

Mas voltemos ao caderninho. Ilustra ele curiosamente a desvalorização de nossa moeda. Iniciado em fevereiro de 1882 (minha mãe casara-se em janeiro), contém naquele ano e nos anos seguintes apontamentos como estes:

> Calçado para mim .... 9$000
> Uma lata de bolachinhas..................... 1$000
> Tesoura e escova................................. 1$900
> Espartilho e chapéu de sol.................25$000
> Uma missa... 3$000
> Ordenado de Vicência cozinheira..... 17$000
> 12 galinhas.. 10$000

Há alguns longos hiatos nesse registro quase diário. O que me interessa mais particularmente é o que ocorre no dia 18 de abril de 1886, porque no dia seguinte nascia eu. Lá para o fim do caderno vem esta nota:

"Nasceu meu filho Manuel Carneiro de Sousa Bandeira Filho, no dia 19 de abril de 1886, 40 minutos depois de meio-dia, numa segunda-feira Santa. Foi batizado no dia 20 de maio, sendo seus padrinhos seu tio paterno doutor Raimundo de Sousa Bandeira e sua mulher dona Helena V. Bandeira".

Sempre me acharam muito parecido com minha mãe. Só no nariz diferíamos. A semelhança estava sobretudo nos olhos e na boca. Saí míope como ela, dentuço como ela. Há dentuços simpáticos e dentuços antipáticos. Muito tenho meditado sobre esse problema da antipatia de certos dentuços. Creio ter aprendido com minha mãe que o dentuço deve ser rasgado para não se tornar antipático. O dentuço que não ri para que não se perceba que ele é dentuço, está perdido. Aliás, de um modo geral, a boca amável é a boca em que se vê claro. Era o caso de minha mãe: tinha o coração, já não digo na boca mas nos dentes, e estes eram fortes e brancos, alegres, sem recalque: anunciavam-na. Moralmente julgo ser muito diferente dela, mas fisicamente sinto-me cem por cento dela, que digo? sinto-a dentro de mim, atrás de meus dentes e de meus olhos. Moralmente sou mais de meu pai, e alguma coisa de meu avô, pai de minha mãe. Sinto meu avô materno nos meus cabelos, sinto-o em certos meus movimentos de cordura. Naturalmente essas coisas me vieram através de minha mãe. Minha mãe transmitiu-me traços de meu avô que, no entanto, não estavam nela. Que grande mistério que é a vida! Minha mãe era espontânea, sabia o que queria, não era nada tímida: ótimas qualidades que não herdei. Notou Mário de Andrade como em minha poesia a ternura se trai quase sempre pelo diminutivo: creio que isso (em que eu não tinha reparado antes da observação de Mário) me veio dos diminutivos que minha mãe, depois que adoeci, punha em tudo que era para mim: "o leitinho de Nenen", "a camisinha de Nenen"... Porque ela me chamava assim, mesmo depois de eu marmanjo. Enquanto ela viveu, foi o nome que tive em casa, ela não podia acostumar-se com outro. Só depois que morreu é que passei a exigir que me chamassem – duramente – Manuel.

A ANTIGA TRINCA DO CURVELO

Vai para uns 15 anos escrevi uma crônica sobre a trinca do Curvelo. Curvelo, a rua do Curvelo, em Santa Teresa, hoje rua Dias de Barros. Expliquei então que trinca era na linguagem da molecada a baderna dos meninos do bairro e passei em revista alguns dos tipos mais curiosos da malta do Curvelo – Lenine, o menor de todos que, quando batia à minha janela para pedir um níquel e eu não dava, ameaçava esbodegar a minha porta; Antenor, que eu chamava o antena Antenor; Ivã, que apelidei o Terrível, os irmãos Ernani e Álvaro, os irmãos Piru Maluco, Arlindo e Ademar, os irmãos Culó e Orlando, o Encarnadinho, Juca Mulato e outros. Essa miuçalha vivia batendo bola em frente das minhas janelas, porque só ali, naquele trecho da rua, se praticava a verdadeira democracia, com absoluta liberdade de espatifar as vidraças nas vicissitudes do *foot-ball* de calçada... isso enquanto não foi meu vizinho fronteiro o austero Celso Vieira, então secretário da Corte de Apelação. De tempos a tempos a trinca do Curvelo travava lutas homéricas com a trinca de Hermenegildo de Barros, gentinha de morro abaixo, que a outra olhava com o maior desprezo.

Escrevendo sobre a velha trinca, arrisquei um prognóstico otimista que deu inteiramente certo. "Os piores malandros da terra", disse: "O microcosmo da política. Salvo o homicídio com premeditação, são capazes de tudo. Mentir é com eles. Contar vantagens, nem se fala. Valentes até à hora de fugir. A impressão que se tem é que ficando homens vão todos dar em assassinos, jogadores, passadores de notas falsas... Pois nada disso. Acabam lutando pela vida, só com a saudade do único tempo em que foram verdadeiramente felizes...".

Tal e qual. Mudei-me do Curvelo para a Lapa. Durante alguns anos tive notícias da trinca por Ernani, que de 15 em 15 dias ia encerar o meu apartamento. Mas Ernani entisicou e morreu. Quando estava nas últimas, mandou-me um recado, pedindo-me que o fosse ver. Fui. Ernani sofria sem nenhum sentimentalismo. Em certo momento a irmãzinha, um anjo louro, não soube acudir-lhe a tempo com a escarradeira. "Dá um bofetão nessa burra!" gritou o quase moribundo para o irmão Álvaro. A trinca era assim. Dois dias depois morreu.

Perdi o contato com a trinca. Hoje, passando na avenida Rio Branco, vi o Álvaro. Álvaro vende bilhetes de loteria e joga *foot-ball*. Está com 21 anos, não quer saber de casamento. Foi ele que me deu notícia dos companheiros de dez anos atrás.

A única tristeza é a loucura de Lenine (já no tempo do Curvelo sofria de ataques epiléticos). Os outros, porém, prosperaram. Encarnadinho é alfaiate na Lapa; o pretinho Malaca, ajudante de alfaiate; Culó, aviador; Orlando e Rafael, cadetes do exército; Piru Maluco e Arlindo, gráficos; Zeca Mulato foi sapateiro, mas estudou e hoje é datilógrafo; Bacurau é investigador; Ademar, jogador de *box* e de luta livre... Nenhum se perdeu. Nenhum tem nota de culpa na polícia.

Tenho saudades desses meninos. Prestavam-me de vez em quando um servicinho, ao que eu procurava corresponder com fornecer-lhes linha e papel fino para os papagaios. Uma vez por outra um susto – pá! – o impacto da bola "que saía fora pela linha das arquibancadas". Duas vezes, a minha vidraça partida. Raiva, raiva de verdade só me deram uma vez, em que saí de fraque para um casamento. Não vos conto nada: a trinca suspendeu a partida de *foot-ball* e começou a gritar: "Seu Manuel Bandeira de fraque! Seu Manuel Bandeira de fraque!". Também foi a última vez que vesti fraque na minha vida.

JOÃO

*E*stes últimos dias ando posando para um poeta que virou escultor e está fazendo a minha cabeça. Quase sempre ficamos sós, e enquanto o amigo vai modelando os meus traços cansados, conversamos de uma coisa e outra – poesia, pintura, bichos, mulheres, crianças. Uma vez apareceu Ratinho. Ratinho é uma menininha de 11 anos, filha de um empregado da Light que tem sete filhos e ganha 350 cruzeiros. Perguntei a Ratinho se achava a cabeça do escultor parecida com o modelo. Achou mas sem mostrar grande interesse pela arte. Estava evidentemente fascinada pelo meu suspensório de vidro (sub-repticiamente começou logo a arranhá-lo com a unha). Ratinho ganha vinte cruzeiros mensais para pajear um pequenino-burguês langanho, e entrega todo o dinheiro ao pai. Quando soube disso, propus-lhe jogarmos cara ou coroa: perdi para ela seis cruzeiros. Pedi-lhe um beijo de indenização: não vê que me deu!

Duro plantão que é posar para escultor! Nenhum me pega mais. O meu amigo me passou para o barro com a maior indiscrição. O pior é que me vou sentindo roubado em minha vida. A coisa dá na fraqueza da gente, palavra. Ontem eu estava positivamente desmilinguido, de sorte que a chegada de João foi uma alegria, um conforto, uma transfusão de sangue.

João chegou e abriu largamente os braços. Foi logo contando que um sujeito na rua, vendo-o de luto, pontificou que o luto é uma convenção tola. Ao que João respondeu: – Deixe eu botar meu lutinho! Depois João contou a história do gato de Chica. O bichinho desapareceu. Chica ficou inconsolável. Gastou um dinheirão de anúncios nos jornais. Anúncios lancinantes.

— Como eram os anúncios, João?

E João começou: "perdeu-se..." tão patético o tom... que nós caímos na risada. – O gato era bonito? Um angorá! mas todo aleijadinho. Afinal apareceu na estrada Rio-São Paulo... – Na estrada Rio-São Paulo? Um gato aleijado? – É... Foi apanhado numa rua de Santa Teresa por um português, *chauffeur* de caminhão. – Mas para que diabo queria esse português um gato aleijado? – Pra matar: ele matou um gato sem querer e, pra se livrar do azar, precisava matar mais seis: o gato de Chica perfaria a conta... Mas a verdade é que não matou o gato, o anúncio foi lido, e o bichinho voltou a Santa Teresa.

Depois da história do gato, falamos de Esmeralda, uma das muitas paixões de João. Conhecíamos muitos episódios do caso. Esmeralda já virou a cabeça de uma porção de sujeitos. No entanto não é bonita, não é fina, não é boa (o leitor me entende!). Coisa misteriosa. O Álvaro tentou certa vez esclarecer o enigma com um gesto e uma frase que infelizmente não se pode repetir. O fato é que Esmeralda depenava os seus adoradores um depois do outro, e como residia em casa de porão alto, os adoradores depostos passavam a morar no porão e confraternizavam, entre si e com o último empossado. Uma organização perfeita.

João era recebido por Esmeralda na esquina de uma travessa da rua dos Voluntários da Pátria. Esmeralda punha-se uma venda – um lenço de seda preta perfumado de *Amour Amour*. Assim andava alguns minutos, depois subiam uma escada e, quando se lhe restituía a vista, João se achava num *boudoir* fabuloso, com jarrões da China e uma estante cheia de edições preciosas em Madagáscar e *pur fil Lafuma*. Seguia-se o amor...

João é aquele mesmo amigo a quem chamávamos o Santo da Ladeira, o Místico, só leu um livro na vida – a *Bíblia*. Schmidt definiu-o: "Aquele de antigamente, que vagava nas ruas...". João hoje não vaga mais nas ruas, não se abraça mais com os postes da Light em crises de ternura...

Mas foi em vão que morou três anos em Londres. Foi em vão que se tornou poeta inglês. No fundo continua o mesmo João, embora mais sedentário, mais triste. O mesmo João que sabe descobrir a beleza nas mulheres mais feias. O caso de Esmeralda.

— Mas João, disse o escultor, não sei como você foi se apaixonar por uma mulher daquelas!

Com assombro de nós dois, João se desculpou:

— Mas foi uma noite só!

GERMANINHA

Desde ontem à noite que sopra lá fora um vento furioso. Impossível abrir as janelas, que pelas mesmas frinchas das venezianas o frio jorra em ondas de tamanho desconforto. Me sinto em meu quarto exposto como em campina rasa. Todavia a desordem, o desespero; a fúria do tufão são impotentes para quebrar o meu ritmo interior que é apenas de triste sossego: trago dentro de mim a imagem da morte sob as aparências mais serenas e mais soberanas. Continuo a ver em imaginação o rosto sem vida de Germana.

No primeiro momento de contemplação senti que a vida, o que foi vida (tão ardente, tão ansiosa) naqueles traços delicados e firmes, já andava longe, longe, oh tão longe e por eternidades formidáveis. Repeti para mim mesmo os versos pressagos de Vignale:

Te alejas
te vas te vas
por la cuesta
de la eternidad...

O espírito se fora, levando consigo tudo o que havia nele de infantil, brincalhão, boêmio, versátil, inconsequente. Ali estava a máscara corajosa da mulher que com um físico de menina

más pequena que lagrima
más suave que morro de oveja
más tierna que agua del alba
más dulce que tu misma, oh pájaro!

disputara sempre a felicidade palmo a palmo, pelos caminhos mais rudes, destemerosa de viver perigosamente, expondo sempre a saúde, que afinal fraqueou longe dos ares natais, cúmplices benignos. A doença não a abateu: separou-se animosamente do esposo e do filhinho, tentou os recursos mais ásperos e mais arriscados – queria viver. No fim queria viver ao menos o bastante para se despedir de Vignale e do menino, pelos quais morreu gritando, gritando.

O vento pode se desmandar lá fora: eu trago dentro de mim a imagem da face morta de Germana. Me lembro do tempo em que a sua voz ainda rouca de adolescência evocava pelo sortilégio dos timbres as forças da natureza, da nossa natureza:

Cuando tu cantas
crece entorno la selva
y se oye nacer el viento
que sube
desde el profundo límite
de tu naturaleza
Tu voz cálida de trópico
Tu voz
para llamar
Dios
entre nosotros.

A indisciplina de Germana não lhe permitiu realizar-se artisticamente com todo o esplendor que seria de esperar de um timbre impressionante e de um riquíssimo temperamento. Conheci-a quando renunciou à ópera ("Não sou mais operária!" caçoava) para se dedicar ao repertório de fundo folclórico. Ouvi-a pela primeira vez cantando as saborosas melodias de Jaime Ovalle: "Berimbau", "Zé Raimundo", "Papai Curumiassu". Viajou ao Nordeste, colheu temas populares, toadas de trabalho. Com esse material, que foi das primeiras a aproveitar sistematicamente em recitais, transportou-se às Repúblicas do Prata, onde foi grande o seu sucesso. Malgrado o que havia ainda a polir na sua arte toda espontânea, soube revelar aos nossos vizinhos os acentos mais característicos da música do povo – a nossa melhor música. Sua voz era da mais comovente qualidade:

> *En ti el dolor de America*
> *brota*
> *com la ingenuidad de una fuente*
> *El dolor de la selva virgen*
> *Apretada de muerte*
> *El dolor de la fazenda terrible*
> *El dolor de nuestras ciudades*
> *melancólicas*
> *suburbanas*
> *pantanosas como crepúsculos*
> *donde se ahogan las razas.*

Germana não era para mim uma amiga: tratei-a sempre como aos rapazes meus amigos. Gostei sempre dela como de um amigo. Foi a única experiência que tive desse gênero, tanto mais surpreendente quanto sobrava nela todo o encanto feminino que poderia perturbar, envenenar a nossa pura camaradagem. Com essa inocência era que se deixava ficar conosco até altas horas em cafés da cidade ou no Restaurante Reis.

O Reis! Foi, pode-se dizer uma descoberta de Germana. O dinheiro na roda era escasso. Germana – Germaninha, que assim a chamávamos, possuía o talento de organizar um menu para cinco sem exceder, duas garrafas de vinho do Rio Grande inclusive, a nota de dez mil réis. Não sei bem como era, nunca pude saber, mas o fato é que todos saíamos bem jantados e alegres. Naquele tempo o Reis era a metade do que é hoje. Não tinha letreiro a gás néon, nem *frigidaire*. Mas já o animava o mesmo espírito cantado em versos magníficos pelo simpático Tuñon:

Conozco, camaradas, varios rincones del mundo.
Conozco el restaurant de Léon y Baptiste en la rue
[des Martyrs
Conozco la granja de Villa Rosa en Barcelona.
Conozco el Puchero Misterioso en Buenos Aires.
Conozco el restaurant de la Salamandra en Chartres.
Conozco la freiduria del Coral en Malaga.
Y hoy, amigos, que lejos están esos rincones de nuestro
[restaurant Reis, digno de Rabelais y de Rimbaud!
Oh restaurant Reis, grande, espeso, picant, popular,
[oloroso, luminoso, impudico y sonoro!

O mesmo espírito de fraternização internacional caro aos operários, aos artistas, aos decaídos de todos os rótulos. *Rôtisserie Naval* chamava-se-lhe na roda dos irmãozinhos: naval porque ficava na vizinhança do Club Naval, *rôtisserie*, por literatura e para estabelecer o equívoco...
Germana, irmãzinha:

Te oimos: te alejas
te vas te vas
por la cuesta
de la eternidad.

MACHADO E ABEL

O *Almanaque Garnier* de 1906 trazia o conto de Machado de Assis "O incêndio", postumamente recolhido no 2º volume de *Páginas recolhidas* da edição Jackson. O conto principia assim: "Não inventei o que vou contar, nem o inventou o meu amigo Abel. Ele ouviu o fato com todas as circunstâncias, e um dia, em conversa, fez resumidamente a narração que me ficou de memória e aqui vai tal qual. Não lhe acharás o pico, a alma própria que este Abel põe a tudo o que exprime, seja uma ideia dele, seja, como no caso, uma história de outro".

Esse Abel era o engenheiro civil Abel Ferreira de Matos, de que falei em minha crônica passada, na verdade o homem mais espirituoso, mais finamente espirituoso que já vi na minha vida. Na conversa, fosse com quem fosse – homem, senhora ou menino – na correspondência – era um correspondente pontual – punha sempre aquele pico e alma própria a que aludiu Machado de Assis e que a tudo comunicava logo extraordinário interesse.

O caso do conto "O incêndio" ouviu-o Abel de mim, que por minha vez o ouvi da boca do próprio protagonista, oficial da marinha inglesa, que acabava de curar a sua "perna mal ferida" no Hospital dos Estrangeiros, onde eu então me achava também internado morre não morre. A história pode contar-se em poucas linhas: um navio de guerra inglês andava em cruzeiro pelo sul do Atlântico; no porto de Montevidéu desceu o oficial à terra e passeando na cidade viu um ajuntamento de gente diante de um sobrado envolvido em fogo e fumarada; no segundo andar, à uma janela parecia ver-se a figura de uma mulher como que hesitante entre a morte pelo fogo e a morte pela queda: o oficial é que não hesitou: abriu caminho entre a multidão, meteu-se casa adentro para salvar a moça; quando chegou ao segundo andar, verificou que a moça da janela não era uma moça, era um manequim; tratou de descer, mas precisamente ao galgar a porta de entrada do sobrado foi atingido por uma trave, que lhe pegou uma das pernas.

Casos como esse, em que parece haver uma injustiça ou pelo menos indiferença da parte da Divina Providência, punham o nosso bom Abel, que era um crente e espiritista, completamente desnorteado e infeliz. Foi o que sucedeu quando lhe narrei a história do inglês. Primeiro sacudiu a cabeça entre as mãos ambas. Em seguida comentou: "É um conto para Machado de Assis".

Era mesmo. E Machado de Assis não deixou de agravar o caso inventando por sua conta que os bombeiros iam prendendo o oficial na suposição de que fosse um ladrão; era acrescentar à iniquidade divina a iniquidade humana. E Machado acaba o conto instalando o seu desencanto dos homens na alma do oficial, com dizer que ele "foi mandado a Calcutá, onde descansou da perna quebrada e do desejo de salvar ninguém".

Abel tinha a Machado na conta de materialista. Convencera-se disso pela leitura de seus grandes romances. Ficou, pois, espantadíssimo quando um dia, no meio de uma conversa, dizendo tranquilamente a Machado: "Vocês materialistas...", foi vivamente interrompido pelo outro, que começou a gaguejar protestando: "Eu, ma... materialista? Absolutamente!".

ECOS DO CARNAVAL

Antigamente, era na rua do Ouvidor que pulsava com mais força a vida desta heroica cidade. "Grande artéria", chamavam-lhe os literatos e jornalistas, inclusive Coelho Neto. Era, de certa maneira, uma imagem inexata, porque na artéria está o sangue de passagem. Ora, não se passava pela rua do Ouvidor: ia-se para a rua do Ouvidor. Ali se parava, se namorava, se conspirava. Ali se situavam as redações dos grandes jornais, as lojas mais elegantes, os cafés e confeitarias mais frequentados. Ali é que chegavam ao clímax os acontecimentos mais notáveis da consagração pública. Quando, em 1880, Carlos Gomes voltou glorioso da Itália, foi na rua do Ouvidor que recebeu a apoteose máxima. O mesmo sucedeu com o segundo Rio Branco ao regressar da Europa para ser Ministro das Relações Exteriores. Nos três dias de Carnaval, então, a rua do Ouvidor ficava de não se poder meter um alfinete: a afluência de povo transbordava dali para as travessas, e a festa culminava com a passagem dos préstitos rua acima.

Pois bem, este ano, terça-feira gorda, por volta das três da tarde, desci de um lotação na avenida e subi a rua do Ouvidor até a rua Primeiro de Março. Estava deserta! Em certo trecho mesmo, entre Quitanda e Carmo, eu era o único transeunte! Senti-me um pouco como fantasma. Por sinal que me pareceu bom, só que um pouco melancólico, ser fantasma.

* * *

    Situação privilegiada a que desfrutamos, os moradores da avenida Beira-mar, do Obelisco até o Aeroporto: estamos no coração da cidade e somos, no entanto, paradoxalmente marginais. O Carnaval das ruas está morrendo: já cabe todo na avenida e nem sequer a toma inteira. Dela para o mar é o deserto e o silêncio.

* * *

    Naturalmente, me lembrei muito de Irene – Irene preta, Irene boa e sempre de bom humor. Passava ela o ano inteiro juntando dinheiro para gastar no Carnaval. Também, graças a ela, o boqueirão da Travessa do Cassiano brilhava nos três dias. Quarta-feira de Cinzas, às oito da manhã, estava à minha porta para o serviço. Era uma preta gorda, feia e tinha não sei que doença que lhe comia a beirada das orelhas, onde havia sempre um pozinho branco. A especialidade de Irene era a limpeza dos metais. Nas mãos dela o cobre virava ouro; todo metal branco, prata. Se as almas envolvessem os corpos, Irene não seria preta, não: seria da cor dos cobres que ela areava. Irene boa!

OVALLE

I

O que havia de mais extraordinário em Jaime Ovalle é que, tendo tão pouca instrução, fosse tão profundamente culto. Cultura que fizera quase que exclusivamente por si próprio e pela leitura da *Bíblia*. Era um homem visceralmente impregnado da palavra do Cristo. E nunca ninguém sentiu tão compreensivamente o Brasil, de cuja formação étnica tinha uma consciência como que divinatória. Em qualquer manifestação artística que fosse, sabia discernir de pronto e infalivelmente o que havia de negro ou de índio. O seu amor das negras era, afinal, amor da raça negra. Um dia uma negrinha da Lapa repeliu-o, repreensiva: – O senhor, um homem branco! E Ovalle: – Eu sei que é uma infelicidade minha, mas não tenho culpa de ser branco!

Ovalle começou, rapazola, sendo um simples tocador de violão e boêmio notívago. E desse chão tão humilde subiu à música erudita (mas sempre fundamente enraizada no patos popular), ao poema em inglês e ao devanear místico, este ortodoxamente católico, mas com uns ressaibos de judaísmo e de macumba.

No movimento modernista foi um elemento marginal que agia contaminando os seus amigos militantes de sua personalidade federativamente brasileira. Mário de Andrade era paulista (por mais que forcejasse absorver todo o Brasil); Carlos Drummond de Andrade, mineiro; Augusto Méier, rio-grandense-do-sul; eu, pernambucano mal carioquizado, e assim por diante. Ovalle era o carioca de sua definição famosa, isto é, um sujeito nascido no Espírito Santo ou em Belém do Pará. Ovalle nascera no Pará. Mas não era, nunca foi paraense. Nunca foi de estado nenhum: era brasileiro e sentia em si todos os estados. Fala-se de influência disto e daquilo, deste e daquele poeta francês, italiano ou alemão sobre os poetas da geração de 22. A influência de Ovalle foi muito maior: nunca de exterioridades formais, mas de alma. Ele sabia dizer com absoluta segurança onde estava o momento mais alto da poesia numa música, num poema, numa pintura.

O espantoso de Ovalle é que coincidissem nele um artista tão profundo, embora tão deficientemente realizado, um boêmio tão largado, um funcionário aduaneiro tão exemplar na sua honradez e competência, e um ser moral de ternura a um tempo tão ardente e tão esclarecida.

II

Ovalle compositor tem a sua imortalidade garantida como autor do *Azulão*. Todos os nossos críticos musicais celebraram a perfeição dessa página por tudo o que ela exprime da alma brasileira em sua melodia, em seu ritmo, em seu colorido, em sua mesma substância. Massarani confessou que o *Azulão* conciliou-o com o Brasil musical, de que a princípio andou meio desconfiado.

Mário Cabral equivocou-se ao dizer que *Azulão*, *Modinha* e *Três pontos de santo* foram concebidos e escritos em Londres. Não, são anteriores. As duas primeiras peças foram compostas no apartamento térreo da Ladeira de Santa Teresa, cujas paredes eram decoradas por pinturas de Cícero Dias executadas em aniagem ordinária.

Não, o *Azulão* não é uma canção de exílio. Mas representa na música brasileira o que representa na poesia a "Canção do exílio". Nos versos de Gonçalves Dias como na melodia de Ovalle há aquele inefável das coisas despretensiosas que pela simplicidade atingem o sublime.

Modinha também ficará, porque, se bem não tenha o sabor total brasileiro de *Azulão*, transpôs à música erudita o espírito da seresta carioca – os dengues e as malandragens das valsas e polcas dos Anacletos para as quais Catulo escrevia as suas letras capadoçalmente conceptistas (tanto que, tendo eu de escrever palavras para ela, procurei catulizar-me o mais que pude).

Seria injusto, porém, reter de Ovalle apenas essas duas melodias. *Os Pontos de santo* ocuparão sempre lugar de honra num cancioneiro de temas negros. *Estrela brilhante, Estrela no céu é lua nova*, exprimindo o que havia de mais densamente cósmico em Ovalle, transmitem com incomparável fidelidade e felicidade o mistério do mundo das macumbas. E quanta graça e ternura e fina melancolia há nas pequenas peças para piano – os *Dois retratos* (o meu e o de Maria do Carmo), o *Tango*, o *Martelo*, o *Prelúdio*... Sem falar nas *Legendas*, que seriam o pórtico para uma atividade musical de maiores ambições. Mas essa já não seria possível para Ovalle, que desperdiçara em serestas de violão os anos em que se pode aprender. Bem que ele tentou recuperar o tempo perdido e antes de embarcar para Londres andou tomando lições com Paulo Silva. Mas era tarde, evidentemente. A música de Ovalle tinha de ficar no que ficou: uma extensão ao piano daquilo que ele balbuciava com indizível sortilégio nas cordas do violão. O seu violão não se parecia com nenhum outro. Tangia-o ele com a canhota, o que lhe valeu uma técnica *sui generis*. Não era violão de seresteiro: tinha todos os encantos dos seresteiros e mais alguma coisa de muito requintado, mas sem a mínima pretensão nem duvidoso gosto.

III

Ovalle poeta foi bem diverso de Ovalle músico. Eram duas almas distintas na mesma pessoa. A música de Ovalle foi a sublimação do sentimento e das formas populares absorvidas por ele na sua infância e na sua verde mocidade. Não assim a sua poesia, cujas raízes estavam na *Bíblia*, salvo a da lírica amorosa, de natureza extremamente sofisticada.

As raízes estavam na *Bíblia*, disse eu, mas não havia nela, como na de Augusto Frederico Schmidt, não havia de todo nela o acento bíblico. O Deus de Ovalle não era um Deus formidável, era um Deus dulcíssimamente humano, ou por outra e melhor, um Deus ovalliano, era Ovalle deificado. Só mesmo um Deus concebido por Ovalle poderia ficar contemplando em silêncio as folhas que caem das árvores e as folhas que não caem, contente de ver que elas *do it right*. Só um Deus de Ovalle poderia vir esperar Ovalle à porta do céu com sua Mãe e seus Anjos e seus discípulos. E só Ovalle poderia imaginar que, então, ele, Ovalle, haveria de chorar por assim nascer para a vida eterna, como chora qualquer criança que nasce para esta nossa vida terrena. Ovalle, sabia o que é ser um santo: é como ser louco.

No pecador Ovalle havia momentos de tal pureza, que ele podia sonhar a pureza da Virgem Maria em versos como estes:

Era uma virgem
A mais pura de quantas mais puras
Viviam na santa Jerusalém.
Uma noite depois de fazer as suas orações
Deitou-se adormeceu e na manhã seguinte
Acordou triste e doente de vergonha:
Sonhara este sonho
Um pássaro veio voando do céu
Veio voando voando
Pousou em sua cama
E dormiu assim a noite toda.

Advirto que a minha tradução é muito imperfeita. O original é em inglês. E isso constitui mais uma das singularidades de Ovalle. Só no inglês é que a sua poesia pôde encontrar expressão adequada. Como chegou ele a exprimir-se num idioma que mal conhecia? Teve, sem dúvida, quem o ajudasse, mas ao seu idioma soube transmitir precisamente o que queria dizer. As vivências de todos esses poemas em inglês são sabidamente ovallianas, o acento também.

BALLET

Há muito tempo que deixei de frequentar os espetáculos de *ballet*, e se me perguntarem por que, terei de responder que por saudosismo. Quem, como eu, começou a conhecer o *ballet* na sua grande época, isto é, no tempo de Nijinsky, Karsávina, Pávlova, sente uma funda melancolia ao ver os conjuntos modernos, que são, em cotejo com o conjunto fabuloso do *ballet* russo de Diaghilev, como destroços de uma bela arquitetura derrocada. Nem se diga que era assim porque Nijinsky foi um gênio. A verdade é que, fora daquele ambiente, Nijinsky provavelmente não seria... Nijinsky. Fãs de Rabowsky, não podereis fazer ideia do que seria Rabowsky, se Rabowsky trabalhasse, não no pobre conjunto de hoje, mas no daquele tempo. Porque no esplendor do *ballet* russo tudo concorria para o rapto do espectador: a música russa era uma novidade, os cenários de Bakst outra, os dançarinos, a orquestra... A emoção era demais, ficava-se até abafado. Sentia-se desde logo que naquele gênero não se poderia ver nunca mais nada superior ou sequer igual. O *ballet* para o futuro teria que ser outra coisa.

De fato, só quando aparecia outra coisa, como *Table verte*, nós, que vimos Nijinsky e seus companheiros de *troupe*, podíamos esquecer a maravilha já vista. Até nem gosto de falar nisto: estou me lembrando do remoque de certo crítico de bailados que escreveu, um dia, dos saudosistas como eu: "Umas pessoas que viram Nijinsky e depois não viram mais nada...". Dizia isso a propósito de Lifar, que ele adorava. E Lifar valia infinitamente menos do que vale este belo e levitante Rabowsky, que neste momento faz reboar de aplausos entusiásticos a plateia do Municipal.

Vi Rabowsky. É um grande dançarino sem dúvida, mas não justifica absolutamente o juízo emitido por um técnico, a saber, que a arte de Nijinsky, em comparação com a dele, era um frio academismo. Precisamente o que sinto é que Nijinsky me parecia mais telúrico, mais animal. Rabowsky *espectro da rosa* é muito mais medido e comedido, mais acadêmico (no bom sentido) do que Nijinsky. Os dois grandes saltos de Rabowsky, o de entrada e o de saída, são plasticamente mais perfeitos do que os de Nijinsky, mas os deste eram mais emocionantes... Nijinsky era um monstro.

Onde pude admirar Rabowsky sem reserva, porque nisto ele não lembra ninguém e se coloca num plano acima de quaisquer comparações, é nas atitudes e passos de alegria, de pura alegria, de alegria ginástica, como no *pas de deux*, de *Copélia*. Mas, meu Deus, para deliciar-me naqueles curtos momentos, tive que bocejar durante duas horas com as trivialidades de *Mascarade* e do *Eterno triângulo*.

O RETORNO

Meu amigo Sizenando é homem de cor, mas a cor nunca lhe deu nem sombra de recalque. É, aliás, um mestiço eugênico, alto, robusto, bem formado e quase belo. Tem sido, por todas essas qualidades físicas e mais por uma lábia amorosa verdadeiramente infernal, tem sido amado até o delírio por grandes mulheres de todas as cores e todos os matizes. Sua esposa legítima é branca. Sua amante, também legítima, é outra branca. Com esta vinha ele passando, ultimamente, a maior parte de seus dias, o que acabou levando a mulher legítima a uma expedição ao quartel-general daqueles amores clandestinos. Chegou lá, bateu, a porta entreabriu-se, mas, reconhecido o inimigo, logo se fechou, para dar tempo a que meu amigo se escondesse num armário. Então, aberta de novo e rasgadamente a porta, começou o ajuste de contas entre as duas mulheres. A amante convidou a esposa a debaterem o caso na rua, não só para evitarem o escândalo naquele edifício de apartamentos superlotado, como para salvar Sinezando de uma possível morte por sufocação dentro do armário. Chegadas à porta da rua, tomaram à direita e enfiaram pela primeira transversal.

Tranquilizado pelo silêncio que se seguiu à partida das mulheres, saiu Sizenando de seu esconderijo, despiu o pijama, vestiu a roupa e deixou o apartamento. À porta de entrada do edifício, espiou a um lado e outro, não viu as mulheres, consultou a intuição, para onde terão ido? para a esquerda? para a direita? A intuição respondeu que para a esquerda. Sizenando rumou para a direita e foi cair na boca do lobo. Das lobas, pois deu com as duas mulheres empenhadas num entrevero, as quais, ao verem-no, vieram para ele, tomadas ambas da maior indignação.

Foi então que Sizenando usou de um golpe genial, dizendo-lhes reprovativamente e com grande calma: – Mas vocês, duas brancas, brigando por causa de um preto?! E afastou-se rápido.

Desfecho: Sizenando, naquela noite, foi pernoitar em casa da mulher legítima, que o recebeu de braços abertos. Passou com ela o dia e a noite seguintes. No terceiro dia, procurou a amante. Duas noites de cão passara ela. Mas quando abriu a porta e viu diante dela o meu eugênico amigo com o seu plácido sorriso, abriu-lhe, também, como a outra, os braços de Severina. E os dois se encaminharam para o interior do apartamento: era o movimento de retorno aos quadros constitucionais vigentes.

TEMPOS DO REIS

Quem poderia imaginar que o simpático Américo Joaquim de Almeida acabaria bebendo formicida na Gruta da Imprensa? Escreveu um noticiarista que ele foi o criador da "meia-porção" dos restaurantes modestos. Não foi: a "meia-porção" já existia antes dele, pelo menos no Bela Pastora, restaurante da Lapa onde, por volta de 1910, comia meu amigo Pedro Teixeira de Vasconcelos, sobre o qual quero, um dia, falar a vocês. Mas o Américo foi o criador e a alma do Restaurante Reis, que eu conheci como foi primitivamente, humilde casa de pasto, cujo grosso da freguesia era de motoristas e carroceiros, a que vieram, com o tempo e não sei como, juntar-se jornalistas, escritores, artistas ou simples boêmios. E muitas vezes via-se isto: o carroceiro portuga, em manga de camisa, devorando esplendidamente o caldo verde depois da porção inteira de feijoada completa, tudo regado com uma garrafa de cerveja preta, ao passo que o poeta, que o olhava invejoso e bestificado, tinha que se contentar com a meia-porção de silveira de galinha, sem pão nem guardanapo.

Frequentei o Reis nos primeiros anos da década de vinte, e não sei quem da minha roda o havia descoberto. Deve ter sido a Germaninha, mais boêmia que nós todos. Nós, Ovalle, Dantinho, Osvaldo Costa. O nosso menu era invariável: bife à moda da casa, um só prato para os cinco, mas reforçado com muito pão e muito arroz. Vinho, naturalmente. Do Rio Grande, ainda mais naturalmente.

Bons tempos aqueles, em que Ovalle ainda tocava violão, Dantinho cantava as modinhas de Catulo, Osvaldo era alegre e loquaz, a boa Germaninha vivia... Havia, ainda, no Rio de 1920, uns visos de Pasárgada. (Tinha alcaloide à vontade. Tinha prostitutas bonitas para a gente namorar...). O Mangue era novidade como bairro do meretrício e os literatos estrangeiros que por aqui passavam não deixavam de ir lá tomar conhecimento daquele fato social, ao mesmo tempo repelente e empolgante como uma bela pústula. Segall fixou-o num álbum maravilhoso, eu num poema em que achei jeito de meter até a Tia Ciata e que publiquei no "Mês modernista" da *Noite*.

O Reis, onde às vezes se tinha a surpresa de encontrar uma grande figura, como Alfonso Reyes, embaixador do México, que ali recebeu a homenagem de um jantar oferecido por poetas e jornalistas, era limpíssimo: basta dizer que saiu sempre com honra das "batidas" dos comandos de Capriglioni.

POEMA DESENTRANHADO

O poeta é um abstrator de quinta-essências líricas. É um sujeito que sabe desentranhar a poesia que há escondida nas coisas, nas palavras, nos gritos, nos sonhos. A poesia que há em tudo, porque a poesia é o éter em que tudo mergulha, e que tudo penetra.

O poeta muitas vezes se delicia em criar poesia, não tirando-a de si, dos seus sentimentos, dos seus sonhos, das suas experiências, mas "desgangarizando-a", como disse Couto de Barros, dos minérios em que ela jaz sepultada: uma notícia de jornal, uma frase ouvida num bonde ou lida numa receita de doce ou numa fórmula de *toilette*.

Há quem censure o poeta por isso. Não me parece avisada tal atitude: a poesia é como o rádium – o milésimo de miligrama constitui uma riqueza que não se deve deixar perder.

Eu, por mim, vivo cada vez mais atento a essa poesia disfarçada e errante. E um dos exercícios que mais me encantam é desentranhar um poema que está não raro desmembrado, desmanchado numa página de prosa.

Como sou advertido da presença do poema? Acho que é quase sempre por uma imagem insólita ou por um encontro encantatório de vocábulos.

Vou dar um exemplo. Há pouco tempo o poeta Augusto Frederico Schmidt escreveu sobre outro poeta uma página e meia de excelente prosa. No meio do escrito aparecia uma imagem de extraordinária beleza. Para achá-la era preciso ter, como Schmidt tem, uma extrema agudeza de sensibilidade para apreender a poesia mais fora do alcance do comum. Todo o mundo sente a poesia formidável de uma noite de luar. Mas sentir a serenidade "com que o céu escuro recebe a companhia das primeiras estrelas", isso é que fia mais fino. Não é que muita gente já não tenha sentido isso. Deve ter sentido, porém, tão vagamente, ou sentiu qualquer coisa que não soube bem que era isso, eu sei lá. Em todo o caso, creio que até hoje, desde que o mundo é mundo, ninguém exprimiu tal sentimento.

A imagem me pôs alerta. O meu instinto de "desgangarizador" estava acordado. – Aqui deve haver poema, disse eu comigo. Fiz então o que Tolstoi costumava fazer com a prosa dos evangelistas: ele sublinhava a traço vermelho o que nela lhe parecia sem sombra de dúvida marcado com o selo divino do Cristo. Voltei a reler a prosa de Schmidt, procurando nela a parte de Deus.

A experiência deu resultado. O poema apareceu como o precipitado de uma reação química.

Risquei a lápis vermelho: na segunda linha "É uma luz triste mas pura" etc.; no começo do quarto período "A solidão é em F. o grande sinal de seu destino"; seis linhas adiante "Da poesia feita como quem ama e quem morre, caminhou ele para uma poesia de quem vive e recebe a tristeza naturalmente como o céu escuro recebe a companhia das primeiras estrelas"; no meio do período seguinte "O pitoresco, as cores vivas, o mistério e o calor dos outros seres o interessam realmente, mas ele está apartado de tudo isso, porque F. vive na companhia de seus desaparecidos, dos que brincaram e cantaram um dia à luz das fogueiras e estão, no entanto, dormindo profundamente".

Com a transposição da imagem das estrelas e uma ou outra insignificante alteração ou acréscimo de palavra, ficou assim recomposto o poema de Schmidt:

PALAVRAS A UM POETA

A luz da tua poesia é triste mas pura.
A solidão é o grande sinal do teu destino.
O pitoresco, as cores vivas, o mistério e calor dos ou-
  [tros seres te interessam realmente
Mas tu estás apartado de tudo isso, porque vives na
  [companhia dos teus desaparecidos.
Dos que brincaram e cantaram um dia à luz das
  [fogueiras de São João.
E hoje estão para sempre dormindo profundamente.
Da poesia feita como quem ama e quem morre
Caminhaste para uma poesia de quem vive e recebe a
  [tristeza
Naturalmente
— Como o céu escuro recebe a companhia das pri-
  [meiras estrelas.

CARTA DO RECIFE

Do Recife me escreve um amigo: "Vim para a praia, sentir o mar, como Stevenson e os românticos. Infelizmente Boa Viagem já não é a mesma. É quase Avatlântica, e o quase é terrível, põe o mundo a perder. Nem a Boa Viagem de outrora, nem... nada. Vejo o mar por cima dos telhados. A vida em vez do mar deu-me telhados...".

A essa altura deve ter suspeitado o leitor que o meu correspondente é meio poeta. Vou logo assegurando que não, que não é meio poeta e sim que é poeta cem por cento. O que está confirmado na continuação da carta: "Tenho tentado escrever e tenho escrito muito mas nada que preste... e rasgo, é claro. Procuro o maravilhoso verbal, engano-me com Donne e Góngora (quem sou eu?), quando a verdade está não nas palavras maravilhosas, mas na união maravilhosa das palavras simples, como o bom freire Luís de Sousa já descobrira".

Interrompo a leitura da carta e fico meditando numas tantas palavras maravilhosas, algumas das quais já me inspiraram poemas, como "transverberado" ou essa assurgente e panorâmica "protonotária" lembrada por meu amigo, em outro período de sua carta. Fico meditando ainda nesse milagre das palavras simples, que pareciam sem forma, sem cor e sem peso e ganham tudo isso ao serem agrupadas pela intuição do poeta.

"É uma palavra que rompe de nossa boca, significando tudo, e a necessidade de escrever tal palavra. Foi assim que escrevi os dois poemas que lhe envio e que você me perdoe".

O que eu não perdoo a meu amigo do Recife (atenção, senhor revisor: não escrevi *de Recife*, mas *do Recife*, porque sou pernambucano) é ter-se esquecido de pôr na carta os poemas prometidos. Saudoso de sua poesia, o remédio foi tirar da estante o seu primeiro livro para renovar as gratas emoções da primeira leitura. Esse livro quando o li não só me restituiu violentamente como atirando-o aos meus braços o Recife de minha infância – o Recife e o seu *Capibaribe com cheiro de melancia dos tubarões, Capibaribe vazio no coração da Cidade* – mas me deu a conhecer outro que não conheci porque era menino, o da rua das Flores e da rua Frei Caneca e do beco da Facada.

Como o poeta sabe falar dos morenos Pontuais "de dentes de lobo!" e dos "Cavalcantis com i", blasonando "Na minha roça tem tudo, menos tuberculoso e mulato!", das casas-grandes dos engenhos "de salas tão grandes que parecem vazias", dos dias de Entrudo, que ainda peguei, entrudo com "farinha-do-reino, bacias d'água, pó-de-café, bosta-de-boi...".

Ama o poeta aquele açúcar

*...de história nem sempre
doce e branca, Glória e fausto
de Pernambuco outrora,
Esse açúcar senhoril que morreu de vez na Revolução de
1930.*

E quanta coisa morreu com ele, meu caro Rodolfo Maria de Rangel Moreira!

Ao começar a escrever esta crônica, fiz a intenção de deixar para o fim, como chave de ouro, o nome do poeta autor da carta. Eis que num impulso do sentimento deixei cantar o endecassílabo.

Dos poetas de minha terra três há que são inseparáveis dela: Ascenso Ferreira, Joaquim Cardoso e Rodolfo Maria de Rangel Moreira. O primeiro é o que está mais perto das fontes populares. Não que Ascenso Ferreira seja popular no sentido em que o são os cantadores do sertão. A de Ascenso é poesia culta e não sei mesmo de poeta brasileiro capaz de passar com tamanha agilidade do verso metrificado para o verso livre e vice-versa. Em Joaquim Cardoso o regional se esbate no universal sem perder o caráter, a pinta, a cica, digamos assim, já que os seus versos cheiram tanto a flor de cajueiro. Rangel Moreira é diferente: não ri gostosamente, como Ascenso, nem sorri com finura, como Cardoso. Veio amargo "dos últimos engenhos agonizando". Sofre na sua carne de se ter perdido em sua geração o "jeito de mandar" que havia nos "ásperos avós", indeformáveis e rudes "fazedores de Pátria":

Não maldigo a Usina de 110 quilos de rendimento
Que gira ao comprimir de um botão
Como num film *em série de Bela Lugosi;*
O que me faz mal
É o carreiro que passa sentado na mesa do carro
E não me tira o chapéu.
É o corumba que veio do sertão sem casa-grande
E me chama "você".

"O morto debruçado", chamou-se Rangel Moreira a si mesmo, e num poema completou o pensamento – "o morto debruçado sobre o muro da vida". Não o vejo assim: vejo-o é "nadando no mistério como um peixe n'água", agenciador daquelas uniões maravilhosas de palavras simples, um poeta que honra a sua terra.

VARIAÇÕES SOBRE O PASSADO

A morte de Inácio Areal, o proprietário da famosa *rôtisserie americana*, o restaurante mais requintado da cidade até fechar-se há anos atrás, expoente em tudo, até na decoração *art-nouveau*, do estilo de vida 1900 (de que só resta agora a Confeitaria Colombo), inspirou ao meu querido amigo e torrencial poeta Augusto Frederico Schmidt uma dessas deliciosas crônicas com que, a partir das páginas de *Galo Branco*, vem ele enriquecendo a nossa tão mofina ainda literatura de memórias. Repete Schmidt as palavras de admiração que eu lhe disse pelo telefone, comentando aquela sua aptidão para arrumar o passado como coisa definitivamente morta e enterrada, coisa perempta e de que já é possível falar num tom longínquo de melancolia evocativa. O que, acrescentou, "diverte Manuel extremamente, fazendo-o julgar-se homem de priscas eras, por ter visto e participado de coisas ainda mais antigas". Ora, aqui há engano de Schmidt. Embora muito mais velho que Schmidt, não me julgo absolutamente de priscas eras e precisamente por isso é que me espanta ver o meu amigo envelhecer-se tão completamente para efeito de submergir o mundo sob a onda de poesia em que ele próprio vive imerso.

Não é que me julgue moço. Ao contrário, já tomei conhecimento da velhice, não fisicamente, é verdade, porque a esse aspecto conheci a pior das velhices – que é a invalidez em plena adolescência (mas a vida pode ser às vezes um jogo de compensações: a minha foi de sentir renascer-me as forças na idade em que o comum dos homens sofrem a primeira queda no tono vital). Sei que estou velho é por certos estados de alma, certos *moods*: moro no Castelo e não fui ver *O carnaval no gelo*, não tenho nenhuma vontade de conhecer pessoalmente T.S. Eliot, e não me seduzem as viagens (recusei convites para a Argentina, o Chile, o Equador, os Estados Unidos, Portugal e... Paris)... Gosto dos meus cômodos... Por tudo isso sei que estou velho. Mais do que as datas confirma-o um ou outro encontro com algum amigo de infância já avô de moças casadouras e rapazes de bigodeira.

Sim, estou velho, mas na minha sensação de velhice não entra absolutamente o peso morto do passado. Sou um velho sem passado. Quero dizer que o passado continua a existir para mim como um presente, digamos uma enorme paisagem sem linhas de fuga, uma paisagem sem perspectiva, onde todos os incidentes, os de ontem, os do ano passado, os de há cinquenta anos se apresentam no mesmo plano, como nos desenhos das crianças. Há 54 anos eu li no Colégio de Virgínio Marques Carneiro Leão, à Rua da Matriz no Recife, o *Coração* de De Amicis. Não tenho saudade: foi ontem. Meu pai morreu faz 29 anos. Não me consolo: foi ontem. De vez em quando me assusto: faz trinta anos que tal coisa aconteceu!

Passado, passado para mim só o das coisas ocorridas em ambientes que nunca mais tornei a rever. Se os revejo, tudo reverte da franja para o foco da consciência e não consigo dar às minhas evocações aquele segredo de melancolia com que tanto nos comovem um Chateaubriand e um Schmidt. Mas as *rêveries* de Chateaubriand me falam de paisagens e tempos que não vi. Schmidt não. Schmidt fala da *rôtisserie* do velho Areal, onde comi mais de uma vez, fala do tempo em que ia aos domingos a Paquetá e nas segundas-feiras me fazia o relatório das suas felicidades ou desditas amorosas (ó amor de golpes que era aquele!)... Nesta vida de Schmidt contracenei. Pois bem, juro-vos que foi ontem, o poeta está exagerando, não acreditem, trata-se de um falso Matusalém. Compreendo que ele me transmita o seu calafrio nostálgico quando nos evoca as suas manhãs de caixeirinho da firma Costa Pereira & Cia. (a cena nos fundos do armazém, olhando ele com inveja os que entravam e saíam da Livraria Briguiet, então estabelecida à rua Sachet, é um passo de mestre). Mas não posso deixar de me divertir quando o vejo pretendendo promover, ou melhor remover, a passado longínquo o passado de ontem, a afundar em Catais e Cipangos de lenda o Oriente Próximo de agora.

Não se zangue Schmidt, sei que é sincero no seu sentimento, só que não sinto como ele. E pergunto a mim mesmo: que vale mais, o que magoa menos, sentir o passado à minha maneira ou à dele?

O MANGUE[1]

A princípio mangue mesmo, onde, em 1820 se abriu uma vala para a navegação de pequenos barcos e balsas. Depois veio a estrada do Aterrado ou rua de São Pedro da Cidade Nova, atual Senador Eusébio, caminho da casa imperial entre o paço da Boa Vista, em São Cristóvão, e o paço da cidade.

O mangue continuava mangue mesmo, foco de mosquitos e mau cheiro. Várias tentativas se fizeram para sanear a zona insalubre pela construção de um canal que deveria ir do Rocio Pequeno até o mar. Todas falharam. Até que em 1855 apareceu Mauá e dois anos depois era lançada a primeira pedra. No dia 7 de setembro de 1860 inauguravam-se seiscentos braças de canal, e inaugurava-se ainda o grande gasômetro, também iniciativa de Mauá.

A festa da inauguração foi um grande dia para o Mangue, já com maiúscula, e a descrição que dela fez Moreira de Azevedo no seu livro *O Rio de Janeiro* faz lembrar a famosa narrativa do Triunfo Eucarístico em Vila Rica. Vale a pena transcrevê-la:

> Acompanhado do engenheiro Ginty e de todos os operários do canal em número de quatrocentos, divididos em

---

1 Prefácio ao álbum de Lasar Segall, *Mangue*. Rio de Janeiro, 1947. [Nota do autor.]

turmas, percorreu o barão de Mauá as duas pontes que iam ser entregues ao povo; regressando entrou o préstito na fábrica do gás na seguinte ordem:

Dois guardas da fábrica de uniforme verde, quatro trinchantes vestidos de branco com facas e garfos, um carro puxado por 24 pretos com roupa branca contendo dois bois inteiros assados, quatro carneiros também assados e trinta arrobas de batatas cozidas, quatro trinchantes com facas e garfos, dois guardas da fábrica, o presidente, o gerente e o engenheiro com suas mulheres, e o engenheiro ajudante, os empregados superiores da companhia do gás e da obra do canal, os inspetores, contramestres, superintendentes, apontadores e outros empregados da companhia do gás e do canal, os aparelhadores do gás e seus ajudantes, os ferreiros, caldeireiros, pedreiros, carpinteiros, pintores, funileiros e os trabalhadores de todas as classes incluindo os calceteiros, carroceiros, foguistas e outros da companhia do gás, 96 acendedores fardados, 76 canteiros, cinquenta pedreiros, carpinteiros, maquinistas, ferreiros e 94 trabalhadores do canal e oitenta escravos da companhia do gás.

Em frente do gasômetro o préstito parou e, circundando-o, abriu a baronesa de Mauá as válvulas que deviam deixar escapar gás para o grande depósito, o que foi saudado com muitos vivas.

Entrando de novo em marcha, seguiu o préstito para as 32 mesas colocadas em frente do edifício da fábrica sob uma coberta de arcos de folhas ornado de bandeiras; admitia cada mesa 24 pessoas, e junto de cada uma havia uma torneira que, quando aberta, deixava correr excelente cerveja de Bass ou Tenent. O prato-travessa era um carro com chapas de ferro de vinte palmos de comprimento e oito de largura sobre rodas de 18 polegadas de diâmetro.

Prepararam-se os assados nos fornos da fábrica; havia em todas mesas profusão de frutas, abundância de pão, muito queijo e manteiga.

Tomando assento a imensa comitiva, começaram os trinchantes a cumprir com destreza a sua missão reinando muito entusiasmo entre os convivas, que mostraram muito apetite e muita sede. Levantou o barão de Mauá dois brindes, um ao engenheiro, gerente e mais empregados e operários da companhia do gás, o outro ao engenheiro, empregados e operários da empresa do canal, aos quais respondeu um dos operários propondo um brinde ao barão, o qual foi entusiasticamente aplaudido; seguiram-se outros, terminando com grande regozijo esta festa industrial, a que assistiram mais de oitocentas pessoas.

Parecia que o Mangue ia entrar no destino de segunda Veneza americana: plantaram-se quatro renques de palmeiras imperiais, abriram-se ruas largas nos pantanais aterrados de um lado e outro do canal, embelezou-se o Rocio Pequeno. Qual segunda Veneza americana! O novo bairro ficou fiel à inércia da lama original. O canal encheu-se de piche, onde encalhavam as barcaças que o deveriam limpar; as ruas largas ladearam-se de casinhas baixas de porta e janela; residência de gente pobre, que vive porque é teimosa. Debalde as grandes palmeiras imperiais espalmavam-se imperialmente...

Um dia, na República, um chefe de polícia preocupado com a localização do meretrício lembrou-se de fazer do Mangue a Suburra carioca. As pobres marafonas da cidade viviam em becos e ruas estreitas do centro – São Jorge, Conceição, Regente, Morais e Vale, Joaquim Silva, Carmelitas. Era uma prostituição de miserável aspecto, acanhada e triste.

O Mangue teve então a sua grande época. Os primeiros anos da prostituição ali foram uma festa de todas as noites. Aquilo era uma cidade dentro da cidade, com muita luz, muito movimento, muita alegria, e quem quisesse conhecer a música popular brasileira encontrava-a da melhor nos numerosos cafés da rua Laura de Araújo, a grande artéria! Que grupinhos de choro apareciam por lá, que flautas, que cavaquinhos, que pandeiros! Ovalle que o diga. As mulheres tinham toda a liberdade: mostravam-se em camisa de fralda alta e cabeção baixo nas portas escancaradas.

Foi esse o Mangue que cantei:

Mangue mais Veneza americana do que o Recife
Meriti meretriz
Mangue enfim verdadeiramente Cidade Nova
Com transatlânticos atracados nas docas do Canal Grande
Linda como Juiz de Fora!

Mas a alegria do desafogo não durou muito. Vieram as restrições policiais. Os choros desapareceram. A tristeza infiltrou-se com o bandolim dos cegos. E afinal o golpe de misericórdia: o fechamento dos prostíbulos, a dispersão das mulheres, com alguns suicídios patéticos a veneno ou a fogo...

Como tantos outros artistas, como tantos poetas, romancistas e sociólogos, nacionais e estrangeiros, atraídos pela curiosidade daquele fenômeno único na história da prostituição, Lasar Segall também fez a peregrinação do Mangue e creio que ainda nas grandes noites. Mas o que o atraía ali não era o pitoresco dos costumes, não era o sabor da música popular em primeira mão, nem era o formidável desrecalcamento dionisíaco.

Segall, alma séria e grave, ia ali para debruçar-se sobre as almas mais solitárias e amarguradas daquele mundo de perdição, como já se debruçara sobre as almas mais solitárias e amarguradas do mundo judeu, sobre as vítimas dos progromes, sobre o convés de terceira classe dos transatlânticos de luxo.

As mulheres que olhou com tão funda piedade foram de preferência aquelas que outro espírito de igual fraterna humanidade, o poeta Vinícius de Morais, vingou do desamparo social nos admiráveis versos da "Balada do Mangue":

Pobres flores gonocócicas
Que à noite despetalais
As vossas pétalas tóxicas!

Pobres de vós, pensas, murchas
Orquídeas do despudor,
Não sois Loelia tenebrosa
Nem sois Vanda tricolor;
Sois frágeis, desmilinguidas
Dálias cortadas ao pé
Corolas descoloridas
Enclausuradas sem fé.

Como as prostitutas do poeta, as do pintor são também "pobres, trágicas mulheres", "maternais hienas", que não despertavam o desejo de ninguém e apenas enganavam com triste heroísmo o desejo insatisfeito dos homens sem mulheres, tão miseráveis quanto elas.

Não há nas figuras deste álbum, fixadas sempre com lancinante traço, nenhuma sensualidade: há tão somente o testemunho de um coração bem formado e de um grande artista no processo da injustiça social.

SÃO JOÃO

São João está dormindo.
Não acorda não!
Dê-lhe cravos e rosas
E manjericão!

Quem não ouviu contar em criança a bonita história? Nossa Senhora, que já concebera o Menino Jesus, foi de visita a Santa Isabel, que esperava o Batista. E mal as duas se avistaram, João ajoelhou-se no ventre da mãe, saudando o futuro redentor do mundo. Santa Isabel comunicou o que sentira à Virgem, e esta perguntou-lhe: – Que sinal me dareis quando nascer o vosso filho? Ao que respondeu a santa: – Mandarei plantar no alto do morro um mastro com uma boneca e mandarei acender uma grande fogueira. – Nasceu o Batista, viu Nossa Senhora a fumacinha da fogueira e veio vê-lo. Meses depois João perguntou à mãe: – Minha mãe, quando é o meu dia? E Isabel: – Quando for, te avisarei, meu filho; dorme. Dormiu o menino e só acordou com o estouro dos foguetes no dia de São Pedro. – Ora, minha mãe, por que não me disse, que eu queria brincar! – Mas Santa Isabel sabia que, se o menino acordasse, o mundo pegava fogo!

Vamos deixar São João dormindo, e façamos-lhe a capelinha de melão:

Capelinha de melão
É de São João;
É de cravos e rosas
E manjericão!

São João terá este ano uma linda capelinha. Vamos contar o segredo bem baixinho para o menino não acordar. As senhoras Mary Mallon e Madalena Bicalho vão promover em Petrópolis uma festa em benefício do Ambulatório de Frei Leão. Será ela patrocinada por Sua Alteza o Príncipe Dom Pedro de Orleans e Bragança, pela senhora Martínez de Hoz e outras grandes damas.

Esperamos que a comissão organizadora dos festejos não esqueça nada do repertório joanino enumerado por Melo Morais Filho no seu precioso livro *Festas e tradições do Brasil*. Em primeiro lugar, que o folguedo dure a noite inteira e termine com o banho de praxe. Quero ver moças e rapazes cantando:

Ó meu São João,
Eu vou me lavar;
Se eu cair no rio,
Mandai-me tirar!

Quero o mastro bem alto com a sua boneca e em torno a grande fogueira. Quero cocos de negros à roda. Quero as comidas gostosas: milhos, carás e canas, tudo assado na própria fogueira. Quero que as moças tomem bochecho dos copos passados na fogueira e vão depois ficar atrás de uma porta para ouvir o primeiro nome de homem que for pronunciado lá fora... O nome do futuro marido.

Não me esqueçam as barraquinhas onde se possam comer os bons petiscos de milho e coco: canjica, mungunzá, pamonha, tapioca molhada em folha de bananeira.

Não me esqueçam tão pouco as barraquinhas de oráculos (talvez ainda haja esquecidas numa prateleira do Garnier--Briguiet ou nos sebos da rua São José, *Os dados da fortuna, A roda do destino, O cigano* etc.).
E quem sabe se não seria possível arranjar uma boa cavalhada?
...E se nós acordássemos São João para o mundo pegar fogo? Não como está pegando na guerra. Não fogo de ódio e de conquista, mas fogo de amor e de caridade.

*Capelinha de melão
É de São João;
É de cravos e rosas
E manjericão!*

NOVO ESCULTOR

Pessoas que leram a minha crônica de sábado passado neste jornal andaram me perguntando quem era João, quem era Esmeralda etc. Gente terrível essa. Da espécie dos que, quando o poeta lhes mostra um poema de amor, querem logo descobrir para que mulher foi feito. Varro a minha testada: João não existe, Esmeralda não existe. Ou por outra, existem, mas naquela suprarrealidade de que falava Gérard de Nerval a propósito dos seus sonetos. Na realidade de todos os dias João não existe: quem existe é o exemplar funcionário da alfândega. A esses meus leitores que em qualquer história ficam a procurar onde está o gato, repito que na minha o gato estava na estrada Rio-São Paulo! Pronto, acabou-se.

Quem existe em todas as realidades é o escritor. E vejam só: ele mesmo não tinha conhecimento de sua existência. Imaginava ser apenas poeta. E poeta era de fato. Poeta bissexto, como chamamos ao doutor Pedro Nava, ao Pedro Dantas. Poeta sem livro publicado, mas, como os dois citados, autor de meia dúzia de livros de tantos outros poetas. O meu amigo não sabia que era escultor. Um dia o Celso Antônio, queixando-se a ele da falta de bons auxiliares, disse-lhe do pé pra mão: – Por que você não experimenta fazer escultura?

O interpelado pediu ao grande escultor um pouco de barro e foi para casa modelar uma cabeça. Saiu escultura e da boa. Vieram outras cabeças. A última é a minha. Não direi como os *soi-disant* críticos de artes plásticas: "É um retrato feito de dentro para fora, porque o artista apanhou não tanto o físico do seu modelo, mas sobretudo a alma, o espírito do torturado poeta da *Estrela da manhã*"... Digo só que o novo escultor vê com exatidão a prova de compasso, e sabe dar ao que vê aquela segunda vida da arte, sem a qual o trabalho mais perfeito – poema, pintura ou escultura – não passa de decalque insípido da realidade.

Li não sei onde que não há nada como o conhecimento profundo de uma arte qualquer para dar a compreensão das outras artes. O meu amigo chegou à escultura depois dos quarenta anos, mas trazia insuspeitado nos dedos o dom de modelar, e no espírito o rico outono de toda uma vida de poesia – teoria e prática do verso que é carne e sangue.

O seu caso, guardadas as proporções (vamos ser brasileirinhos humildes), é o mesmo de Maillol. Conhecem a história de Maillol? Não? Pois vou contá-la.

Aristides Maillol nasceu em Banyuls, sul da França, em 1861. Menino, gostava de desenhar. Aos 18 anos publica com alguns camaradas um jornalzinho ilustrado por ele com desenhos. Arranjam-lhe uma subvenção para que possa estudar em Perpignan. Aos 21 anos está em Paris e frequenta a Escola de Belas-Artes, como aluno livre da classe de desenho à antiga, regida por Gerôme. Alguns meses depois o mestre lhe diz: – Você não sabe nada! Vá para a Escola de Artes Decorativas e faça narizes e orelhas! Maillol segue o conselho, mas em 83 volta para a Escola de Belas-Artes e, desta vez com Cabanel, estuda desenho e depois pintura. No fim de quatro anos deixa a escola com a impressão de não ter aprendido coisa alguma. Então regressa a Banyuls e funda uma oficina de tapeçarias. Enquanto cinco ou seis moças teciam as lãs, Maillol desenhava os cartões, e descansava do labor talhando em madeira estatuetazinhas de sabor arcaico. Casou-se, e quando lhe nasceu o único filho, esculpiu para ele um berço. Com o sucesso obtido com as suas tapeçarias, o artista muda-se para Paris, manda construir um grande tear e se põe ele próprio a manejá-lo. Resultado: os olhos fraquearam e durante seis meses Maillol perde o uso da vista. Força foi desistir do ofício que era o seu ganha-pão. No verão de 1902 Ambroise Vollard organiza uma exposição de tapeçarias e estatuetas de Maillol. Entre estas últimas estava a *Leda*, uma figurinha em bronze. Ao vê-la, e depois de observá-la de todos os ângulos, Rodin disse a Mirabeau: – Não conheço, lhe juro, não conheço em toda a escultura moderna uma peça que seja tão absolutamente bela quanto esta, tão absolutamente pura, tão absolutamente obra-prima.

Começara a carreira e a glória do grande escultor. Tinha ele então 41 anos. Mas o nome do meu escultor?... Paciência, leitores: o nome do meu escultor está se fazendo...

SUICIDAS

Uma das coisas que me causam mais horror e mais repugnância na vida é a exploração sentimental em torno dos suicidas. Um homem obscuro pode matar-se com relativa discrição: basta que não explique nada. No dia seguinte o noticiário policial dos jornais dirá se se trata de uma infeliz mulherzinha do Mangue. Título da notícia: "Ateou fogo às vestes" e a seguir: "Desiludida da vida a nacional Palmira da Conceição etc". Seis linhas no máximo e pronto. Se, porém, o homem é conhecido, sobretudo se tem a desgraça de ser poeta lírico, se possui amigos afeiçoados em cuja alma floresce a doce flor da piedade, a porquíssima e cabotiníssima doce flor da piedade, então vereis! Sob pretexto de honrar o morto exibe-se sem o menor recato uma compaixão mil vezes mais ultrajante do que as dores que foram os móveis do suicídio; a vida mais íntima do morto é entregue à curiosidade pública; não lhe poupam nem o instantâneo atroz do cadáver em pijama.

Bem sei que há os suicidas cabotinos, os que se matam um pouco por vaidade póstuma, os que escrevem cartas romanceadas. Não é desses que me ocupo. Me ocupo daqueles cujo silêncio digno está a pedir o silêncio para um gesto atrás do qual a sensibilidade mais elementar sente um mundo de sofrimentos que ninguém poderá medir. Lembra-me agora o caso de dois rapazes ingleses, homens de ciência que se arruinaram em pesquisas sobre o câncer: mataram-se deixando como única declaração: "A vida não vale a pena de ser vivida". Esses falaram por todos os outros: no fundo do coração dos suicidas que não se explicam está a sentença terrível dos que desertaram da vida como se deixa uma sala de cinema antes de acabado o filme cruel, imbecil e sem sentido, ainda que seja a obra de um deus.

Houve tempo em que a imprensa do Rio movida por moralistas que temiam o efeito da sugestão do noticiário sentimental dos suicídios (tinha lastrado uma verdadeira epidemia deles), tentou uma combinação entre os jornais no sentido de suprimir todos os detalhes perigosos e creio que até mesmo o do ato em si. Está claro que o acordo não durou grande coisa. Os jornais vivem dessas sensações malsãs.

E afinal de contas, matutando bem, talvez tenha sido melhor assim. Essa exploração sentimental, se por um lado acoroçoa o pieguismo cabotino de muitos, por outro lado quantos não salvará da obsessão fascinante? A compaixão dos belos cronistas?... A piedade dos corações bem-nascidos leitores dos belos cronistas?... Ah, não! Antes todos os piores horrores desta vida.

Um homem inteligente e discreto tem que se matar como quem não quer. Ele tem que organizar uma espécie de sabotagem muito bem disfarçada para que os próprios amigos não percebam nada. Sob esse ponto de vista os alcaloides não servem, são vícios muito esquisitos e muito elegantes. O próprio álcool, que é a forma lenta mais comum de suicídio, tem ainda muito de romântico, de "noite na taberna". Tem que se proceder a uma sabotagem muito mais sutil para escapar à compaixão alheia e principalmente para evitar nos casos passionais que o cruel ou a pérfida tirem carta de gostoso. Não sabem o que é a carta de gostoso? "Eu gostava muito dele e no princípio pensei até em me matar! Mas depois disse comigo pra quê? Pra em cima de tudo ele tirar carta de gostoso à minha custa? Não vê!". Está aí o que é a carta de gostoso. A sabotagem é fácil e prática quando o candidato ao suicídio tem uma dessas doenças como a tuberculose, a diabetes, a dilatação da aorta, no decurso das quais uma simples quebra de regime pode trazer uma agravação fatal. Por exemplo uma série bem calculada de resfriados para o caso de um tuberculoso. Daí a meses em vez de uma notícia escandalosa de um tiro no peito, primeira página com *cliché* virá na quinta página o aviso fúnebre por onde os amigos e relações do falecido saberão que "vítima de pertinaz moléstia etc.". Ninguém indaga da vida sentimental de um sujeito que morreu vítima de pertinaz moléstia. Naturalmente é mais duro, oh muito mais duro, morrer de pertinaz moléstia do que de um tiro no ouvido ou de uma dose de cianureto de potássio. Mas ao menos assim evita-se a carta de gostoso nos casos passionais, a doce flor da piedade em todos os casos e pode-se morrer dizendo para si, com o orgulho a que só têm direito os bem desgraçados: que a vida não vale a pena de ser vivida.

FALA O SEXAGENÁRIO

Il y a trois espéces de sexe: le sexe masculin, le sexe féminin et le sexagénaire. Assim dizem os franceses. Por isso e por outras coisas era do meu interesse guardar a maior reserva sobre a minha desqualificação para o terceiro sexo. Os amigos da onça, porém, decidiram o contrário; fizeram tamanho alarde dos meus sessenta anos, que o bom Gondin da Fonseca e possivelmente muita gente mais me tem hoje na conta de um cabotino. Assim fica firmada a minha nova reputação: sexagenário e cabotino. Seja como Deus quiser!
"O poeta Manuel Bandeira chega à casa dos sessenta", trombeteou do alto de uma página d'*O Jornal* o eminente grande poeta Ledo Ivo. No dia seguinte recebo uma telefonada do Levi Carneiro: "Não é casa, Manuel, é pardieiro!". A advertência enche de apreensões o inquilino novo. Mas ainda que sem a experiência do sábio confrade e amigo, induzo que sessenta anos de existência não deveriam dar glória a ninguém. É que me acodem aqueles versos correntes na boca do povo de Pernambuco:

Quem tem sessenta anos
Toma o seu rapé,
Pega no rosário,
Começa a rezar,

Não pode beber,
Não pode dançar,
Não pode namorar.

Que não podia beber, eu já sabia por vários coices amáveis do fígado. "Sessenta anos e nenhum cabelo branco!" dizem-me os amigos, não sem examinar de perto a raiz dos meus cabelos... Até dois anos atrás era assim, mas hoje posso parodiar os belos versos de Alberto de Oliveira, dizendo que me

começa de chegar aos cabelos a neve
que me caiu no coração

Luís Aníbal Falcão pergunta-me em versos encantadores: "*Où sont les neiges d'à présent?*". Respondo-lhe acabrunhado: "No coração, Luís, no coração!".

Coração já estremecido daquele "calafrio aquerôntico" do poema de Liliencron que Otto Maria Carpeaux, sem segunda intenção, me pediu que traduzisse. Pois é. Nesta casa (ou pardieiro) dos sessenta, fico à espera do famoso barco "que me há de levar ao frio silêncio".

Conforta-me pensar que levarei comigo alguns saldos: primeiro o clássico saldo de Brás Cubas – o de não haver transmitido a nenhuma criatura o legado da minha miséria: segundo a certeza de em uns poucos versos ter dado voz aos sentimentos de outros – e que é ser poeta se não isso: exprimir o que outros sentiram e não souberam dizer? Finalmente uma boa carga de afetos, de que são fiança tantas manifestações de carinho, as quais agradeço com humildade e profundo reconhecimento.

PARDAIS NOVOS

Um dia o meu telefone, instalado à cabeceira de minha cama, retiniu violentamente às 7 da manhã. Estremunhado tomei do receptor e ouvi do outro lado uma voz que dizia: "Mestre, sou um pardal novo. Posso ler-lhe uns versos para que o senhor me dê a sua opinião?". Ponderei com mau humor ao pardal que aquilo não eram horas para consultas de tal natureza, que ele me telefonasse mais tarde. O pardal não telefonou de novo: veio às 9h30 ao meu apartamento.
Mal o vi, percebi que não se tratava de pardal novo. Ele mesmo como que concordou que o não era, pois perguntando-lhe eu a idade, hesitou contrafeito para responder que tinha 35 anos. Ainda por cima era um pardal velho!
Desde esse dia passei a chamar de pardais novos os rapazes que me procuram para mostrar-me os seus primeiros ensaios de voo no céu da poesia. Dizem eles que desejam saber se têm realmente queda para o ofício, se vale a pena persistir etc. Fico sempre embaraçado para dar qualquer conselho. A menos que se seja um Rimbaud ou, mais modestamente, um Castro Alves, que poesia se pode fazer antes dos vinte anos? Como Mallarmé afirmou certa vez que todo verso é um esforço para o estilo, acabo aconselhando ao pardal que vá fazendo os seus versinhos, sem se preocupar com a opinião de ninguém, inclusive a minha.

A semana passada recebi carta, não de um pardal, mas de uma pardoca. De uma pardoquinha. Com 16 anos, que beleza! Mandava-me versos não só em português, mas em francês também e inglês. Havia qualquer coisa naqueles balbucios. O francês estava bem erradinho, mas o inglês não, e até saiu bonitinho. Respondi-lhe assim:

"Dos poemas que você me mandou o melhor está no próprio texto de sua carta e é isto:

Tenho 16 anos
Estou cursando o 1º científico
E fico eufórica sempre que escrevo algo.

Se você se sente eufórica quando escreve alguma coisa, vá continuando a escrever, pelo só prazer de escrever, que já não é pouco".

Dezesseis anos! Que idade risonha e bela, não, leitores?

3/7/1955

O PROFESSOR DE GREGO

Ciro contou-me:

— Quando X. assumiu o governo do estado, tratou logo de colocar os seus amigos, que eram numerosos e andavam bem esfomeados. A mudança de política permitiu demitir muita gente, que foi substituída pela gente do peito do novo governador. Eis que, quando já não sobrava lugarão de encher o olho e o bolso, chegou do interior do Estado mais um amigo do governador, amigo de infância, a que era impossível deixar de atender.

— Mas também você se meteu naqueles cafundós, nunca mais deu notícias de si, ponderou o governador. Agora, os melhores lugares já estão preenchidos. Em todo caso, vou pensar no seu caso. Dê-me uns dias e apareça.

Três dias depois, o amigo voltou a palácio. Foi recebido com efusão:

— Arranjei uma coisa ótima para você, disse o governador. Uma sinecura: você vai ser professor de grego no Ginásio do Estado.

— Mas eu não sei nada de grego, nem quero saber!

— Nem precisa saber. Pela última reforma do ensino, o grego é matéria facultativa, e há dois anos não aparece ninguém para estudar grego. Portanto, tudo que você tem que fazer é comparecer no princípio do mês para receber os seus vencimentos.

O amigo achou ótimo e foi nomeado. Era aí por junho. Até o fim do ano não houve nuvem na sua felicidade de comensal à mesa do orçamento do estado. Mas no começo do ano seguinte principiou ele a apreender que se apresentasse no ginásio algum rapazola extravagante com vontade de aprender grego. O professor ia à secretaria do ginásio e indagava do secretário se entre os matriculados havia algum inscrito para a cadeira. O secretário, muito amável, respondia que não, mas que aqueles rapazes deixavam tudo para a última hora e era bem possível que o professor tivesse a satisfação de conseguir um aluno. Não sabia o secretário que era justamente o que o professor não queria!

Afinal, na véspera de se encerrarem as matrículas, surgiu um desalmado que desejava aprender o grego para ler Homero no original. O professor ficou aterrado e correu para o governador. Queria a demissão imediata, para não ficar desmoralizado. Arranje-me outra coisa –, pedia aflito ao amigo.

— Calma, homem. Não vá ao ginásio na primeira semana. Raro é o professor que vai. Até lá é bem possível que o matriculado desista do grego. Passe por aqui dentro de uma semana. Verei o que se pode fazer.

Não foi preciso arranjar outro lugar para o amigo do governador. Ele continuou como professor de grego. O aluno é que desistiu. Isto é, não desistiu, mas foi preso e expulso do estado como comunista. A notícia do caso espalhou-se, e nunca mais apareceu ninguém no ginásio com veleidades de aprender o grego.

19/8/1956

SAUDADES DE QUIXERAMOBIM

O cabeçalho desta crônica mais parece título de alguma valsinha. Aliás, se eu tivesse bossa para a música, gostaria de compor três valsinhas – *Saudades de Campanha*, *Saudades de Teresópolis* e *Saudades de Quixeramobim*. Poria num chinelo a Antenógenes Silva com as suas *Saudades de Ouro Preto* e *Saudades de Uberaba*, essas duas puras delícias.

Creio que as saudades de Quixeramobim são as que mais me doem. Como me doem as de Paris. Porque a verdade é que não estive em Paris: estive durante três dias num quarto de hotel na *rue* Balzac. Do mesmo modo, não estive em Quixeramobim: estive durante uns meses num sobradão da praça principal da cidade, em frente à velha matriz, e se estou batendo esta crônica de saudades é porque vi no *Cruzeiro* de umas semanas atrás uma fotografia do templo, não como é agora, desfigurado pela restauração, mas como era ainda em 1908.

Os dois veteranos pardieiros, a igreja e o meu sobrado, pareciam as duas personagens de um apólogo dialogal. Dois fantasmas. A casa dava fundos para o rio, de sorte que, logo que eu cheguei, fui à janela ver o rio. Foi uma grande lição de geografia: não havia rio nenhum: o Quixeramobim estava seco, seco; o que eu vi foi um areal, branco como uma praia, sobre o qual se arqueava a enorme ponte da estrada de ferro. E nesse areal várias cacimbas. O sobrado, que tinha um ar de mal-assombrado, era de tantas e tão espaçosas peças, que a matuta que levei para lá como cozinheira se perdia nele e um dia me disse, atarantada, que "não sabia navegar naquela casa, não!". Eu vivia encantoado na sala da frente, que ia de um oitão a outro, com várias sacadas para o largo, mobiliada (atenção, revisor: não ponha "mobilada", que é palavra que eu detesto!) com uma cama de vento, uma cadeira e um lavatoriozinho de ferro.

De vez em quando morria um cidadão de Quixeramobim e o sino grande da matriz entrava a dobrar. Era formidável. Sino de Quixeramobim, baterás por mim? dizia eu comigo pressagamente. Quantas vezes, a horas diversas, chegava eu a uma das sacadas da frente e ficava a olhar a velha igreja! Onde nunca entrei e hoje tenho pena. Tudo isso virou saudade e sinto grandemente não ter bossa para escrever a valsinha em que a exprimisse, bem no estilo amolescente de Antenógenes Silva.

29/8/1956

QUEIJO DE MINAS

Numa de minhas últimas crônicas, fiz breve referência à soberba epístola em que Dantas Mota pôs a falar aluvialmente o "chamado rio da unidade nacional, apartado dos demais que fluviam este país, para ser santo". E não me contive que não lembrasse ao poeta que nunca mais me mandara ele um queijo de sua terra e do nome de sua terra.

Pois não lhes conto nada: dias depois, recebo de Aiuruoca um jacazinho com quatro queijos de minas e um maço de goiabada cascão. Tudo acompanhado destas instruções tão saborosas quanto o manjar de boca:

> Olhe que é um queijo tão digno que se aborrece na geladeira. Nela, perde o gosto. O que ele quer é tábua numa cozinha sem forro e acima do fogão. Mas você não tem, o seu apartamento, nem uma coisa nem outra. Nem mesmo fumaça. Acredito, assim, que, quanto mais depressa comido, mais você lhe diminui a tristeza. Torne-lhe, pois, breve o exílio. Pena que não lhe possa mandar também angu quente. Isso com queijo mineiro é admirável. Mas o angu, como o queijo mineiro, a única coisa que não requer é civilização. Fubá do Rio não dá liga. Logo, o angu, partido disciplinadamente, é a coisa mais indigna que já vi. Vai também um maço de goiabada tipo cascão. Um pouco impraticável principalmente para quem possui dentaduras duplas ("ainda não sou bem velho para merecer-vos"). Vai envolta decentemente em palha fervida e amarrada com embira limpa.

Dou-lhe apenas um trabalho: o de mandar buscá-los na rua Acre, 34, às 13 horas de quarta-feira, no momento em que aí chega o caminhão-transporte daqui. Convém buscar logo, para evitar o calor carioca, com o que não se dá bem o queijo, feito com muito carinho em cozinha limpa de sítio de gente limpa e sem a interferência indigna de qualquer maquinaria.

Dantas, meu grande poeta, Dantas, meu velho, sabe que considerei também coisa indigna mandar mãos mercenárias buscar tão raras iguarias: fui buscá-las eu mesmo. E desde aquela quarta-feira tem sido aqui neste apartamento do Castelo e suas sucursais uma formidável, gargantuesca e pantagruelesca orgia de queijo de minas e goiabada de cascão! E, honra a ambos, ninguém indigestou! Sabe, Dantas, que não engulo queijo de minas que não me lembre do nosso querido Mário, que Deus tenha. O criador de *Macunaíma* era brasileiro como ninguém. Menos nisto: não gostava de queijo de minas! – Começa que não é queijo!" bradou-me indignado certa vez que ousei enfrentar a erudição de meu amigo no assunto. – Queijo ou não queijo, com goiabada de cascão é sublime!" respondi.

Dantas, meu velho, agradeço-te tanta sublimidade com palavras do teu mais recente poema: "Graça te seja dada, e paz da parte do Senhor, o Qual te assista, assim seja!".

23/9/1956

O TRIPÉ

O nome dela é Maria do Carmo, mas não sei por que todo mundo a trata por Telina. Mulata de boa presença, limpa como um alfinete novo, sabe falar, é perita no trivial fino e ninguém passa uma blusa melhor do que ela. Por tudo isso a patroa fecha os olhos a umas tantas jaças da mulata. Sabe, por exemplo, que ela é namoradeira, sabe que ela é requestadíssima. Tem medo que ela lhe meta homens em casa na calada da noite. Como o filho dorme num quarto do térreo, recomendou-lhe logo no princípio: "Tenha de olho essa rapariga; você será o meu chefe de polícia". Assim dito, assim feito. Telina não meteu homem nenhum na casa, mas no fim daquela mesma semana, depois das 11, metia o rapaz no quarto.

Não que ela gostasse do filho da patroa. Não: ela tinha os seus amores na zona Norte. Um rapaz bem comportado, com quem pretendia casar. Quase nunca aparecia; às vezes, telefonava; Telina é que o ia procurar.

O filho da patroa sabia disso. Como sabia, também, que Telina frequentava, aos domingos, uma gafieira do Catete. Mas não sabia que Telina andava, ali, de derriço com um bambambã da zona, um sujeito que de vez em quando fechava o tempo em pleno baile por causa do alvoroço que a mulata despertava na gafieira. Longe de se atemorizar com isso, Telina exultava. E chamava o bambambã o seu "ministro da guerra".

Eis aí como Telina armou o tripé sobre o qual repousam as delícias de sua vida de mulata bem-falante, perita no trivial fino. Vai tapeando a patroa, o filho da patroa, o rapaz do subúrbio, o bambambã do Catete. Até aqui, as coisas têm corrido às mil maravilhas, repartidos os favores da mulata equitativamente entre o "chefe de polícia", o "comandante da zona Norte" e o "ministro da guerra".

Tudo tem corrido muito bem. Mas eu sei lá! Um dia as coisas podem mudar. Tripé, que também se diz "tripó", é tripeça. Tripeça soa muito parecido com trapaça, e o *Pequeno dicionário brasileiro da língua portuguesa*, que eu ajudei a fazer, dá, entre as acepções da palavra "tripeça", a de "reunião de três pessoas conluiadas". Telina pode cair do trapézio, quer dizer, do tripé.

30/9/1956

OSWALD

*E*m seus *Episódios de minha vida,* que acabam de ser editados pela Anhembi, dedica René Thiollier sete páginas à figura de Oswald de Andrade. É pouco, se ponderarmos que Thiollier teve larga convivência com o turbulento amigo e deve saber dele muito mais coisas do que contou. Mas neste pouco debuxou o memorialista dois aspectos marcantes daquela extraordinária personalidade.

Oswald era um folheador de livros, não um leitor. "Segundo uma senhora muito de sua intimidade, ele nunca teve a paciência de ler um livro da primeira à última página". Quando se preparava para o concurso de uma cátedra de Literatura em São Paulo, veio ao Rio conversar com vários amigos acerca de sua tese, que versava o tema dos árcades mineiros. Eu fui um desses amigos. E fiquei assombrado quando, falando em Sannazaro, Oswald me olhou surpreso e perguntou: – Quem é Sannazaro?

Corri com Oswald: – Puxa, Oswald! Pois você está escrevendo uma tese sobre os árcades e não conhece o autor da *Arcádia?*

Oswald não se alterou nem corou. Riu muito e depois soltou esta: – Que é que você quer? Há 42 anos que eu não abro um livro! Não tenho tempo!

Sua blague famosa – pediram-lhe a opinião sobre não sei que romance de autor nacional e ele respondeu: "Não li e não gostei" – define-o: ele gostava e não gostava das obras sem as ter lido: farejava-as com a sua surpreendente intuição. E, se errava, não era que errasse, porque errava de caso pensado, segundo as simpatias do momento.

Durante muitos anos vivi nas boas graças de Oswald, que, estou certo, nunca terá lido um livro meu de cabo a rabo. Sempre me dedicava os seus com dedicatórias tocantes: "A Manuel bandeira nacional da poesia" foi uma delas. Um dia publiquei a *Apresentação da poesia brasileira*, que era um estudo histórico-crítico da nossa poesia seguido de uma pequena antologia ilustrativa apenas. Oswald não entrava na antologia porque no estudo, onde eu o tratava com a largueza que ele merecia, já eu havia transcrito dois de seus poemas. Pois Oswald ficou despeitado e nunca mais foi o mesmo para mim. Não houve explicação que o satisfizesse. Quem não quiser fazer desafetos, comece não fazendo antologias...

A outra nota marcante em Oswald e assinalada por Thiollier é a de que ele "só se sentia bem quando via o riso alastrar-se-lhe em redor, por ter conseguido irritar, futricar a paciência de alguém".

Era um sagitário de feroz bom humor, a quem não importava o valor das vítimas. E deliciava-se naquilo que o saudoso Raul de Leoni chamava "estabelecer o equívoco".

24/10/1956

O BAR

A notícia da demolição do Hotel Avenida e consequente desaparecimento da Galeria Cruzeiro não me causou nenhum sobrosso sentimental. Aquilo era um monstrengo que enfeava a cidade. Todavia, quando a derrubada atingiu o canto do Bar Nacional e eu vi desventrado o que o Bom Gigante chamava a "casa dos que não tinham casa", senti um pequenino, doloroso rebate no coração, afogado subitamente numa onda de recordações.

No Bar Nacional vivi um pouco a vida "que poderia ter sido e que não foi". A doença que me salteou por volta dos 18 anos não me deixou realizar o currículo da adolescência nas suas loucas aventuras. Ora, aos quarenta pude desfrutar um pouco o sabor delas através da experiência de um rapaz de vinte. Já o nomeei Bom Gigante. Não quero identificá-lo na atual pessoa de engenheiro *rangé*, bom esposo e bom pai. Naquele tempo, aí por 1925, era o símbolo da mocidade decantada por Raimundo Correia.

Por que tudo o que tem de fresco e virgem gasta
E destrói...?

No Bar Nacional e da boca do Bom Gigante ouvi a crônica do Túmulo dos Faraós, porão aberto à juventude notívaga e onde se cheirava cocaína quando era vendida livremente a três mil-réis a grama. No Bar Nacional tiveram início alguns episódios surrealistas que narrei nas *Crônicas da província do Brasil*. No Bar Nacional me relumeou de repente a célula de muito poema de *Libertinagem* e da *Estrela da manhã*. No Bar Nacional assisti a uma passagem de ano, a mais turbulenta e lírica cena urbana que presenciei na minha vida.

...Tudo correu tranquilamente até meia-noite. Foi precisamente quando as sereias começaram a apitar saudando o ano novo que o Bom Gigante se levantou, bastante bêbedo, e desfechou um soco na cara do Ubirajara. Ubirajara batia-lhe pelo ombro, mas era um dos três ou quatro valentes mais destros daquela mocidade faraônica. Quando o Bom Gigante desfechou o segundo golpe – um pontapé à altura da cara, Ubirajara aparou no peito, como um arqueiro apara uma bola de *penalty*, o pé do amigo (porque eram amigos, muito amigos!), fez vuquete! e quando vi foi a massa enorme do Gigante revolutear no ar e estatelar-se no chão do bar. Aí, não sei como, a briga generalizou-se, as sereias apitavam ainda mais, bombas estouravam, viva o ano novo! e no meio de toda aquela confusão havia uns bêbedos beatamente sorridentes que andavam de um lado para outro, de copo na mão, desejando felicidades a toda gente. Quando a calma se restabeleceu, o Bom Gigante tinha desaparecido com a mais linda mulata da cidade, *pivot* da briga, e foi preciso livrar Ubirajara das mãos da polícia. Voltando à minha mesa dei com o meu guarda-chuva, um guarda-chuva novo, completamente esfrangalhado. Até hoje não pude compreender como foi aquilo.

29/1/1958

ANDORINHA, ANDORINHA*
(1966)

(*) Conforme esclarecemos na introdução, as crônicas desta seção não foram reproduzidas de *Andorinha, andorinha*, mas diretamente de periódicos em que foram publicadas. Optamos, desse modo, por estabelecer o texto conforme Manuel Bandeira os escreveu. Conferir página 13 deste volume.

ANTINUDISMO[1]

O Brasil revolucionário em matéria de nudismo continua intratável. O nosso nudismo estava confinado às praias de banho e aos salões de baile: a polícia interveio nas praias. Falta que intervenha nos salões, reduzindo o v dos decotes. Então seremos um povo inteiramente moralizado, ao que parece.

Tudo estaria muito bem se no caso das praias não houvesse na atitude atual da polícia carioca um desserviço à causa da saúde pública. Com efeito essas maravilhosas praias do Flamengo, de Copacabana e do Leblon são os grandes solários da cidade. Não é fácil nas cidades arranjar local para a tão saudável cura de sol, a menos que se procure os estabelecimentos especiais. Mas aí a coisa é paga e aí como em casa, que melancolia a cura de sol! O sujeito toma logo um ar de quem está praticando um vício inconfessável. Ao grande ar livre das praias tudo se junta para fazer da cura de sol o mais sadio, o mais tonificante dos passatempos. Doente ou saudável, quer se trate do pré-

---

1 Foi publicada em 17 de janeiro de 1931, conforme anotação manuscrita do próprio autor em um recorte da crônica; não há referência sobre o periódico que a publicou (cf. recortes do *Inventário Manuel Bandeira*; Arquivo-Museu de Literatura Brasileira – Fundação Casa de Rui Barbosa). Carlos Drummond de Andrade, em *Andorinha, andorinha*, a intitulou "Nudez na praia". [Nota do selecionador.]

-tuberculoso ou do rapaz ou moça que passou ou vai passar o dia imobilizado no ambiente depauperante dos escritórios, a hora de sol no vento da praia no meio da paisagem magnífica, entre gente esportiva e alegre, constitui a mais pura delícia. Quem faz isso, enquanto está fazendo isso, não pensa de todo em sexualidades, porque está colocado, fica colocado em estado de perfeita beatitude. Conheço esse estado de graça do solário de um sanatório da Suíça. Era melancólico como todo salário onde não existe o contato imediato com a natureza. Ainda assim que horas de inefável repouso me proporcionava aquela pequena plataforma no telhado de Clavadel dominando as encostas cobertas de neve!

O puro prazer da cura de sol faz até acreditar nas correspondências de Swedenborg. No sistema do grande místico escandinavo o sol é o Senhor; a luz do céu é a verdade divina; o calor do céu é o amor divino. Assim o sujeito que na praia deixa cair as alças da sunga e recebe o sol em pleno peito, está praticando o gesto material a que corresponde o mais alto sentido espiritual, uma verdadeira comunhão com o Senhor. Dir-se-ia que a beatitude física da cura de sol vem um pouco da consciência desse influxo por correspondência.

Num país de sol somos um povo de anêmicos. É que sempre fugimos ao sol nesta terra de sol. Mas as gerações abaixo dos trinta anos têm outras ideias acerca de saúde, esportes e moralidade. O convívio de rapazes e moças no seminudismo arejado das praias escandaliza o bravo Batista Luzardo porque este talvez só tenha aparecido nas praias com mirone. Explico-me: o mirone, o curioso vai às praias para observar ou para gozar um pedaço – *"pour se rincer l'oeil"*, como dizem os franceses. Não é solidário moralmente com os banhistas. A maneira de olhar dos dois é bem diversa a do mirone e a do banhista. O segundo está tão habituado a ver a seminudez, está tão habituado na aglomeração densa das praias à variedade das formas físicas que dificilmente um corpo que passa o tira da abstração saudável em que ele os confunde a todos num vago sentimento de estandardização. Ao passo que para o curioso que não frequenta a praia como banhista aquilo parece... um céu aberto ou... uma pouca vergonha. Dá-se com ele a mesma coisa que com as pessoas que não dançam, sempre escandalizadas com a licenciosidade dos dançantes. Não compreendem que o prazer da dança é dançar. Dançar sozinho já é bom; dançar com outro, entregar-se ao prazer dinâmico do ritmo, arrastando-se ou deixando-se arrastar segundo se trata de homem ou mulher, em estreito contato, é sensualidade, sem dúvida, mas sensualidade de natureza peculiar, que nada tem que ver com a outra e se aparenta mais com a sensualidade estética.

    A polícia proibiu o trânsito de cavalheiros nas praias. A medida devia ser geral e as próprias autoridades policiais não deveriam transitar como cavalheiros entre os banhistas. Se as autoridades exercessem a vigilância em traje de banho acabariam por não sentir o menor mal-estar diante da transparência dos *maillots*, da curteza dos calções ou do descaimento das alças das sungas: ficariam possuídas do mesmo espírito esportivo, helioterápico dos outros.

    Compreende-se a censura da polícia fora das praias obrigando os banhistas a se comporem com o roupão. Mas nos postos de banho, não, que eles têm o seu ângulo de visão moral próprio, como as artes plásticas, o palco, o salão de baile, o consultório médico etc. Afinal de contas a sensualidade vive de imaginação e quem vê muito, imagina pouco.

17/1/1931

CHEIA! AS CHEIAS!...

Cheia! As cheias! Barro boi morto árvores destroços
[redomoinho sumiu
E nos pegões da ponte do trem de ferro os caboclos
[destemidos em jangadas de bananeiras...

Esses versos da "Evocação do Recife" resumem toda a minha experiência das cheias do Capibaribe[1].

...Meu avô Costa Ribeiro morava na rua da União, bairro da Boa Vista. Nos meses do verão, saíamos para um arrabalde mais afastado do bulício da cidade, quase sempre Monteiro ou Caxangá. Para a delícia dos banhos de rio no Capibaribe. Em Caxangá, no chamado Sertãozinho, a casa de meu avô era a última à esquerda. Ali acabava a estrada e começava o mato, com os seus sabiás, as suas cobras e os seus tatus. Atrás de casa, na funda ribanceira, corria o rio, à

---

1 "Evocação do Recife" faz parte de *Libertinagem*, reunião de versos bandeirianos editada em 1930. Posteriormente, em 1952, Manuel Bandeira publica *Opus 10*, cujo poema de abertura é "Boi morto", "(...) coisa que está ameaçando desbancar a pedra ['No meio do caminho'] de Carlos [Drummond de Andrade] como escândalo nacional da poesia (...)" (cf. João Cabral de Melo Neto, *Correspondência de Cabral com Bandeira e Drummond*. Organização, apresentação e notas de Flora Süssekind. Rio de Janeiro: Nova Fronteira, Edições Casa de Rui Barbosa, 2001, p. 131). [Nota do selecionador.]

cuja beira se especava o banheiro de palha. Uma manhã, acordei ouvindo falar de cheia. Talvez tivéssemos que voltar para o Recife, as águas tinham subido muito durante a noite, o banheiro tinha sido levado. Corri para a beira do rio. Fiquei siderado diante da violência fluvial barrenta. Puseram-me de guarda ao monstro, marcando com toquinhos de pau o progresso das águas no quintal. Estas subiam incessantemente e em pouco já ameaçavam a casa. Às primeiras horas da tarde, abandonamos o Sertãozinho. Enquanto esperávamos o trem na estação de Caxangá, fomos dar uma espiada ao rio à entrada da ponte. Foi aí que vi passar o boi morto. Foi aí que vi uns caboclos em jangadas amarradas aos pegões da ponte lutarem contra a força da corrente, procurando salvar o que passava boiando sobre as águas. Eu não acabava de crer que o riozinho manso onde eu me banhava sem medo todos os dias se pudesse converter naquele caudal furioso de águas sujas. No dia seguinte, soubemos que tínhamos saído a tempo. Caxangá estava inundada, as águas haviam invadido a igreja...

Mais uma vez essas lembranças da infância me acudiram agora ao ler nos jornais os telegramas do Recife, em que se dão notícias das calamidades da última cheia do Capibaribe. O "cão sem plumas" anda enfurecido. Caxangá, Madalena, Afogados estão debaixo de água. Cheia! As cheias!...

Jornal do Brasil, 23/3/1960

GOSMILHO

Em *Presença na política* assinalou Gilberto Amado que nas suas viagens, por onde quer que andasse, em Paris como em Washington, ninguém sabia responder à pergunta: "Que flor é esta?". E eu que pensava que esse desinteresse pelo nome das flores fosse próprio só de brasileiros? Não só pelo nome das flores. No meu discurso de posse na Academia escrevi: "O brasileiro nomeia a palmeira, a bananeira, a mangueira, e quase todas as outras espécies são para ele 'árvore' ou, como no Norte, 'pé-de-pau'. Já anotara Agassiz que para a maioria dos brasileiros todas as flores são 'flores', todos os animais, desde a mosca até o burro ou o elefante, 'bichos'".

Quando Anatole France esteve aqui e foi levado a um passeio nas Paineiras, fez questão de saber o nome de todas as florezinhas silvestres que pintalgavam a estrada. Ninguém sabia responder-lhe. Então, Tomás Lopes (da boca deste ouvi o fato), envergonhado de nossa ignorância, começou a inventar nomes. Essa florzinha vermelha era "sangue-de-Vênus", aquela roxinha "pranto-de-viúva", e assim por diante. O francês comentou que os brasileiros tínhamos imaginação muito poética, o que fez Tomás Lopes suspeitar (Tomás era inteligentíssimo) que France desconfiara da mistificação.

No meu poeminha "Pensão familiar" falo do jardinzinho interno da Pensão Geoffroy, em Petrópolis, onde só havia pobres flores e arbustos mais comuns – dálias, marias-sem-vergonha, trapuerabas, mas entre a tiririca sitiante sorria uma florzinha modesta e bonita, mais modesta que todas as outras. Quis nomeá-la no meu poema e perguntei o nome dela ao jardineiro da pensão. O homem respondeu sem hesitação: "Gosmilho". O nome caía-me bem no verso e escrevi logo: "O sol acaba de crestar os gosmilhos que murcharam".

Pois agora fui chamado a contas por um professor norte-americano, que leu o meu poema, procurou "gosmilho" nos dicionários e não achou, escreveu de Nova Iorque à nossa Livraria Briguiet sobre o caso e da livraria me interpelaram que diabo de flor era essa, que nenhum dicionário registra.

E agora, José? Este José que interrogo, aflito, é o meu querido, jamais assaz querido José Sampaio, velho morador de Petrópolis, a quem peço informar-se com os jardineiros locais se de fato existe por lá uma florzinha chamada "gosmilho".

Jornal do Brasil, 20/8/1958

CRÔNICA DE NATAL

*A*cordei, tomei o meu café, puxei para a cama a minha Hermes Baby e disse muito decidido: vou bater uma crônica sobre o Natal. Mas aconteceu-me a mim o mesmo que ao poeta no famoso soneto: a folha branca pedia inspiração e ela não vinha. Não fiquei perplexo, porém. Sei que mudei, que o Natal mudou, que todos mudaram, que tudo mudou, e isto é sem cura... No meu tempo de menino não havia Papai Noel, esse grande palerma francês de barbaças brancas, havia era "a fada", assim, sem nome, o que lhe aumentava ainda mais o encanto.

Mudei. Mudei muito. Menos numa coisa: continuo me sentindo profundamente, de raiz, de primeira raiz, pernambucano (com *e* bem aberto – pérnambucano). No *Itinerário de Pasárgada* escrevi ter nascido para a vida consciente em Petrópolis, frase que alguns interpretam erradamente como atestado de verdadeiro nascimento fora do Recife. No entanto, a oração seguinte explicava cabalmente: "pois de Petrópolis datam as minhas mais velhas reminiscências".

Dizer-se que nasci no Recife por acidente quando sou filho de pais recifenses, neto de avós recifenses e por aí acima, é inverter as coisas: digam antes que por acidente deixei o Recife duas vezes, aos dois anos para voltar aos seis, e aos dez para só o rever de passagem. Mas esses quatro anos, entre os seis e os dez, formaram a medula do meu ser intelectual e moral, e disso só eu mesmo posso ser o juiz. Me sinto tão autenticamente pernambucano quanto, por exemplo, Joaquim Cardoso, Mauro Mota e João Cabral de Melo. Se não fosse assim, não poderia jamais ter escrito a "Evocação do Recife", poema do qual disse Gilberto Freyre (e que maior autoridade na matéria?) que cada uma de suas palavras representa "um corte fundo no passado do poeta, no passado da cidade". Alegam que é sermão de encomenda. Mas a encomenda veio por causa de uma carta escrita a Ascenso Ferreira, carta essa que foi a matriz do poema. O poema já se gestava no meu subconsciente. E aqui chego ao cerne da minha verdade: sou pernambucano na maior densidade do meu subconsciente.

Estas linhas vão como amical protesto à entrevista dada a José Condé pelo poeta Carlos Moreira dos belos sonetos e das encantadoras poesias. Compreendi que ele me quis honrar mais do que mereço dando à homenagem do meu busto no Recife um sentido mais largo; ainda que para mim menos amorável. Carlos amigo, pode acreditar que nestes meus quase 73 anos de vida virei e mexi, andei certo, andei errado, corri, parei, prossegui, quis voltar, não pude não, que os caminhos percorridos prenderam meus pés no chão carioca. Chão de asfalto – este terrível asfalto carioca onde tudo pode acontecer, até morrer-se afogado, como nas enchentes do Capibaribe!

Jornal do Brasil, 24/12/1958

IEMANJÁ

Até desaparecer como praça, quando incorporada em toda a sua largura à avenida Presidente Vargas, foi a praça Onze, nas palavras de Artur Ramos, "a fronteira entre a cultura negra e a branco-europeia". Hoje parece que a fronteira se deslocou para a orla marítima, onde uma vez por ano, na noite de 31 de dezembro para 1º de janeiro, Iemanjá, a sereia iorubana, a deusa-mãe, recebe o culto dos seus fiéis, que enchem toda a extensão da praia sul, desde o Leme até o Leblon, numa sucessão de pequenos altares de areia iluminados a velas. Às vezes trona sobre o altarzinho, numa simplificação do sincretismo religioso afro-católico, uma imagem de Nossa Senhora da Conceição. A atitude dos fiéis é de culpa e autopunição. Ao espocar dos foguetes que anunciam a meia-noite, os devotos da deusa-mãe avançam até o quebrar das ondas e atiram-lhe flores, banham os pés e as mãos. Em conjunto o espetáculo é triste, deprimente. Não se pense que são todos negros os adoradores noturnos da grande deusa africana das águas. Até que a maioria é de pardos-claros e brancos – brancos de pele, pelo menos. Não é raro ver-se recebendo o batismo do babalaô uma autêntica loura bem-vestida.

Quando começou esse culto nas praias? Morei em Copacabana de 1914 a 1918 e a esse tempo nunca vi uma vela em toda a praia. Informaram-me que a coisa data de uns dez anos. O que havia antes era a barca da meia-noite no dia 31 de dezembro: os fiéis de Iemanjá enchiam as barcas de Niterói, levando flores, que no meio da baía lançavam ao mar numa oferenda à deusa.

Soube por amigos residentes em Copacabana que a cerimônia noturna se repetiu este ano como nos anteriores, menos concorrida porém. Acentuou-se, no entanto, o aspecto de macumba, só que com cantos a seco. A maioria dos devotos não correu para o mar à meia-noite; deixou-se ficar junto às covinhas na areia, olhando as velas naquela atitude a que aludi, de culpa e contrição. O ano passado a Igreja, numa demonstração de combate à superstição, fez passar à meia-noite uma procissão ao longo da praia. Que aconteceu? Os fiéis de Iemanjá vieram para o asfalto, ajoelharam, rezaram enquanto desfilava a procissão e depois voltaram para as suas velinhas. É que para toda aquela gente Iemanjá se confundiu com a Senhora da Conceição ou do Rosário, como Ogum com São Jorge, Iansã com Santa Bárbara, Xangô com São Miguel Arcanjo.

Iemanjá é um lindo mito, mas insisto no que disse: o espetáculo da meia-noite do último dia do ano na praia de Copacabana é triste e deprimente.

Jornal do Brasil, 3/1/1959

PÊSAMES OU PARABÉNS?

Na manhã de 21 de abril eu, natural do Recife, pernambucano dos quatro costados, mas cidadão carioca honorário, senti a necessidade sentimental de me comunicar com um carioca da gema sobre a mudança da capital para Brasília. Não poderia escolher melhor exemplar do que o professor Antenor Nascentes, que é, das figuras ilustres da ex-capital, uma das que mais honra lhe fazem, pelas suas virtudes, pela sua inteligência, pela sua invejável cultura e conhecimento do mundo.

Telefonei-lhe e para começo de conversa perguntei:
– Devo-lhe dar os parabéns ou os pêsames?

Ao que ele, sem hesitar, respondeu: – Os pêsames.

— Então você acha que o Rio vai perder com a mudança?

— Com o tempo tem que perder. Mas isso não será para os nossos dias!

— Mas até hoje Nova Iorque não perdeu para Washington.

— Isso é verdade. Cultura não se improvisa.

Acabamos concordando que o Rio será sempre o Rio.

Despedi-me de Nascentes e daí a pouco o telefone retiniu. Era outro carioca da gema que me chamava, grande voz da nossa poesia, o irredutível simbolista e verlainiano Onestaldo de Pennafort. Repeti-lhe a mesma pergunta que fiz a Nascentes. A resposta, porém, foi outra, mas igualmente firme e sem vacilação: – Parabéns!

E Onestaldo acrescentou: – Só sinto é que eles não tenham ido todos embora daqui!

É fácil adivinhar quem são eles. Onestaldo estava, na manhã histórica, desfrutando a delícia, nova para ele, de se sentir provinciano. Delícia que os que pensam como ele podiam sentir bem, porque o dia foi de feriado, o movimento urbano era quase nenhum, o silêncio parecia afirmar a condição de província. Pelo menos naquela manhã o Rio para o irredutível simbolista e verlainiano Onestaldo era como Bruges a morta...

Penso e sinto como Onestaldo. Rio querido! Conheci-te ainda provinciano, embora capital. Num tempo em que as cidades não se construíam em três anos nem os homens enriqueciam em três dias. Foi em 1896. Contando não se acredita: nas Laranjeiras de minha infância, sossegado arrabalde (já sem laranjeiras), os perus se vendiam em bandos, que o português tocava pela rua com uma vara, apregoando:

— Eh, peru de roda boa! À porta de casa tomava-se leite ao pé da vaca. Não havia ainda automóveis. O Rio tinha ainda quinhentos ou seiscentos mil habitantes. E os brasileiros invejavam os argentinos porque Buenos Aires já tinha um milhão. Como éramos ingênuos!

Jornal do Brasil, 24/4/1960

A MORTE VERTICAL

Leio nos jornais que o arquiteto Vlademir Alves de Sousa propôs ao governador Carlos Lacerda a construção de edifícios de 15 andares, "com todos os requisitos de higiene", para instalação de sepulturas e ossários. Visa a ideia a solucionar a crise de habitação para defuntos na zona Sul.

Há muito que nós, os vivos, a maioria dos vivos, vimos perdendo, no Rio e em São Paulo, o prazer de morar em casa, com jardim e quintal. Agora vai chegar a hora dos mortos, até hoje talvez felizes nos seus grandes parques, muito estragados, é verdade, pelo mau gosto dos vivos, pela vaidade dos vivos, mas em todo o caso e apesar de tudo amoráveis com as suas árvores, os seus pássaros, as suas orvalhadas da aurora e do entardecer.

A morte sempre nos pareceu coisa horizontal e até moralmente niveladora. Sempre nos pareceu também a forma última da lei de gravidade. Desde que nascemos a terra nos chama, nos atrai, às vezes mansamente, como no sono em boa cama, às vezes com violência. Depois da morte vinha a grande comunhão no seu seio hospitaleiro, jamais recusado a ninguém.

Os cemitérios verticais vão afastar os mortos da natureza. Gostaria de ouvir sobre o assunto, não os vivos, como estão fazendo os jornais, mas algum defunto sincero. E imagino que a sua opinião seria esta:

— Muito chata esta outra vida num arranha-céu. O ruído dos elevadores não nos deixa dormir sossegados. As vitrolas dos edifícios vizinhos são de amargar. No São João Batista podia-se, à noite, dar a sua escapada pelas alamedas desertas, e até, em alguma meia-noite sem lua, reencenar o "Noivado no sepulcro", ainda que estas lâmpadas votivas de hoje tenham vindo tirar muito de nosso gostoso macabro.

Para quem tem medo de almas penadas a ideia dos arranha-céus para defuntos será uma calamidade. Nos edifícios de apartamentos estava-se ao abrigo dos fantasmas. Nunca ninguém ouviu falar de aparições em arranha-céus. Creio que nunca um fantasma autêntico ousou ou teve a veleidade de vagar em corredor mal alumiado de um edifício de apartamentos. Se a proposta de Alves de Sousa for aceita pelo governador Lacerda, vão os fantasmas habituar-se ao novo modo de viver, perdão, de jazer, podem errar de porta voltando ao leito depois de um giro no meio da noite...

Mas acabemos com esta conversa, que já estou ouvindo a voz da leitora medrosa, pedindo-me assustada:

— Vamos brincar de parar?

Jornal do Brasil, 7/5/1961

ESTÁ MORRENDO MESMO

Quem? O carnaval. Com a supressão dos alto-falantes nas ruas o fato se tornou evidente. Esses insuportáveis aparelhos davam aos carnavais anteriores uma animação fictícia. Emudecidos eles, verificou-se que o povo não cantava mais. Não brincava. Espairecia. Esperava a passagem das escolas de samba.

O septuagenário me falou:

— Carnaval no Rio houve, mas foi no tempo em que ainda existia a rua do Ouvidor. Porque essa que ainda chamam assim não é mais a rua do Ouvidor, a que Coelho Neto chamava nos seus romances a "grande artéria". Ali se situavam, então, as redações dos principais jornais – *Jornal do Comércio, O País, A Gazeta de Notícias, A Notícia, A Cidade do Rio*. Ali estavam estabelecidas as mais elegantes casas de modas, os grandes advogados etc. Tudo vinha acabar, completar-se, consagrar-se definitivamente na rua do Ouvidor. Carlos Gomes quando voltou da Itália, Rio Branco quando veio ser ministro de Rodrigues Alves, foi na rua do Ouvidor que receberam a homenagem máxima da cidade. E o melhor carnaval era o da rua do Ouvidor. As senhoras moças mais bonitas do Rio enchiam as sacadas e as portas das casas comerciais e dos escritórios e enquanto não despontavam os préstitos brincavam com alegria e entusiasmo.

A abertura da avenida Rio Branco foi o primeiro golpe sério no carnaval. A festa diluiu-se, perdeu o calor que lhe vinha do aperto. Mas durante alguns anos houve o corso, que era realmente lindo com o seu espetáculo de serpentinas multicores. Os automóveis fechados vieram acabar com ele. Junte-se a isso a comercialização das músicas, a intromissão do elemento oficial premiando uma coisa cujo maior sabor estava em sua gratuidade...

Vale a pena lamentar? Acho que não. O carnaval está morrendo, outras coisas estarão nascendo. No tempo dos bons carnavais não tínhamos o espetáculo das praias. A vida é renovação. "Mudam-se os tempos, mudam-se as vontades", disse o poeta máximo da língua, e outro disse que "isto é sem cura". Quem não estiver contente com o presente, viva, como eu, das saudades do passado.

Jornal do Brasil, 15/2/1959

O MOMENTO MAIS
INESQUECÍVEL

Quando, aos 18 anos, adoeci de tuberculose pulmonar, não foi à maneira romântica, com fastio e rosas na face pálida. A moléstia "que não me perdoava" (naquele tempo não havia antibióticos) caiu sobre mim como uma machadada de Brucutu. Fiquei logo entre a vida e a morte. E fiquei esperando a morte. Mas ela não vinha. Durante alguns anos andei pelo interior do Brasil em busca de melhoras. Pude assim verificar a verdade daquelas duras palavras de João da Ega: "Não há nada mais reles do que um bom clima". Jacarepaguá, então ainda silvestre; Campanha, Teresópolis, Quixeramobim, Mendes, eram bons climas, talvez suportáveis nestes dias de *high-fidelity*, rádio e televisão. Mas eu tive de aguentá-los sem outra defesa senão o violão e a leitura, de que não podia abusar. Era natural que pensasse na Suíça. Pensava. Pensava muito. Tinha medo, porém, de ir para tão longe de meu pai. Porque eu não tinha medo de morrer, bem entendido, se no transe tivesse na minha mão a mão de meu pai. Quando a tentação era maior e eu olhava o mapa e via aquele estirão de Oceano Atlântico, que os navios mais rápidos (não havia aviões) levavam duas semanas a atravessar, meu coração murchava. E eu desistia da Suíça.

Uma noite, depois do jantar, eu estava deitado no meu quarto e minha família – meu pai, minha mãe e minha irmã – conversava na sala de visitas, contígua ao meu quarto, mas sem comunicação direta (a comunicação se fazia por um corredor). De repente me faltou a respiração. Fiz um esforço desesperado para tomar fôlego. Tive a impressão nítida de que ia morrer. Ia morrer separado de meu pai, não pelo Oceano Atlântico, mas por uma simples parede... Foi horrível. Mas foi uma lição. Desde aquele momento compreendi que não adianta apreender o futuro. Vivemos anos apreendendo um perigo imaginário que não acontece; somos surpreendidos por uma desgraça em que jamais havíamos pensado. A sabedoria está em pôr o coração à larga e entregar a alma a Deus.

No ano seguinte parti para a Suíça. Não morri lá. Não morrerei com a mão na de meu pai. Ele é que morreu com a sua na minha. Eis o momento mais inesquecível.

O Globo, 31/1/1957

BIOGRAFIA DE MANUEL BANDEIRA

Manuel Carneiro de Sousa Bandeira Filho nasceu em Recife, Pernambuco, a 19 de abril de 1886 – caçula do engenheiro Manuel Carneiro de Sousa Bandeira e de Francelina Ribeiro de Sousa Bandeira. Foi poeta, cronista, tradutor, crítico, professor de literatura do Colégio dom Pedro II e, posteriormente, de literatura hispano-americana da Faculdade Nacional de Filosofia, ambos do Rio de Janeiro.

No *Itinerário de Pasárgada* – uma espécie de biografia literária —, assim como em poemas e crônicas, revela-se a importância de sua família na constituição de uma poética terna e sensível ao humilde cotidiano. Avultam, principalmente, as brincadeiras de seu pai, que revelaram a poesia contida nos elementos mais ordinários e heterogêneos: "(...) na companhia paterna ia-me eu embebendo dessa ideia que a poesia está em tudo – tanto nos amores como nos chinelos, tanto nas coisas lógicas como nas disparatadas."[1].

Por causa do trabalho itinerante do engenheiro Manuel Carneiro, sua esposa e os filhos – Antônio, nascido em 1882, Maria Cândida, 1884, e Manuel – mudaram-se consigo do Recife para o Rio de Janeiro; logo depois, foram para São Paulo e Santos, respectivamente, então voltando à cidade do Rio. Dessa época de moradia incerta, iniciada em

---

1 Manuel Bandeira, *Poesia e prosa*, Rio de Janeiro, José Aguilar, v. II, p. 12.

1890, são relevantes os dois verões em que Bandeira passou na cidade de Petrópolis, onde descobriu sua vida consciente, como podemos observar no poema "Infância", de *Belo belo*:

> *Corrida de ciclistas.*
> *Só me recordo de um bambual debruçado no rio.*
> *Três anos?*
> *Foi em Petrópolis.*
>
> *Procuro mais longe em minhas reminiscências.*
> *Quem me dera me lembrar da teta negra de minh'ama*
>   *de leite...*
> *...meus olhos não conseguem romper os ruços definitivos do tempo.*[2]

Datam do mesmo período as leituras marcantes que lhe fizeram de alguns livros, entre eles *João Felpudo* e *Viagem à roda do mundo numa casquinha de noz*. Este último, principalmente, foi de maior importância para sua formação existencial e literária, pois manifestou uma realidade mais bela, capaz de transcender o cotidiano e despertar a evasão.

Em 1892, a família voltou para o Recife, onde permaneceu durante quatro anos. Então Bandeira frequentou dois colégios: o das irmãs Barros Barreto, na rua da Soledade, e depois o de Virgínio Marques Carneiro Leão, na rua da Matriz, em que foi semi-interno. Essa fase recifense é fundamental à vida e às obras do poeta:

> (...) nesses quatro anos de residência no Recife (...) construiu-se a minha mitologia, e digo mitologia porque os seus tipos, um Totônio Rodrigues, uma dona Aninha Viegas, a preta Tomásia, velha cozinheira da casa de meu avô Costa

---

2 *Idem, ibidem*, v. I, p. 369.

Ribeiro, têm para mim a mesma consistência heroica das personagens dos poemas homéricos. A rua da União, com os quatro quarteirões adjacentes limitados pelas ruas da Aurora, da Saudade, Formosa e Princesa Isabel, foi a minha Tróada; a casa de meu avô, a capital desse país fabuloso. Quando comparo esses quatro anos de minha meninice a quaisquer outros quatro anos de minha vida de adulto, fico espantado do vazio destes últimos em cotejo com a densidade daquela quadra distante.[3]

Retornou com seus familiares para o Rio de Janeiro em 1896. Na casa de Laranjeiras, onde moraram até 1902, pôde conhecer o "realismo da gente do povo"[4], que era contrabalançado pelas lições tomadas no Ginásio Nacional – hoje Pedro II. O amigo Sousa da Silveira (depois tornou-se importante filólogo) e o professor Silva Ramos despertaram-lhe, nesse colégio, o interesse pelos clássicos portugueses, sobretudo Camões e *Os Lusíadas*. Assim, alguns elementos díspares que constituem sua poética modernista já começavam a se agrupar, mas ainda sem intenções criativas.

No Ginásio Nacional também foi colega de Antenor Nascentes (que veio a ser filólogo e tradutor), bem como aluno de José Veríssimo e João Ribeiro – o que mais exerceu influência literária sobre Bandeira. Porém, as aspirações do jovem estudante voltavam-se mais para arquitetura, o que se devia à presença paterna, sempre disposta a alertá-lo para desenhos, edificações etc. Como está em "Testamento", de *Lira dos cinquent'anos*: "Criou-me, desde eu menino,/ Para arquiteto meu pai./ Foi-se-me um dia a saúde.../ Fiz-me arquiteto? Não pude!/ Sou poeta menor, perdoai!"[5].

---

3 *Idem, ibidem*, v. II, p. 14-15.
4 *Idem, ibidem*, v. II, p. 16.
5 *Idem, ibidem*, v. I, p. 308.

O término de seus estudos no Rio de Janeiro sucedeu ao mesmo tempo do retorno da família para São Paulo, uma vez que o engenheiro Sousa Bandeira vinculava-se, profissionalmente, à Estrada de Ferro Sorocabana. Então Manuel matriculou-se, em 1903, na Escola Politécnica de São Paulo, onde pretendia formar-se em arquitetura. Suas atividades foram ampliadas ao ser empregado nos escritórios técnicos da mesma empresa de seu pai e ao estudar desenho e pintura no Liceu de Artes e Ofícios. Em 1904, no entanto, a tuberculose obrigou-o a abandonar o curso: "No fim do ano letivo adoeci e tive de abandonar os estudos, sem saber que seria para sempre. Sem saber que os versos, que eu fizera em menino por divertimento, principiaria então a fazê-los por necessidade, por fatalidade"[6].

Bandeira retornou, mais uma vez, para o Rio de Janeiro, onde iniciou sua busca por climas serranos para amenizar os males causados pela doença. Com essa intenção conheceu, entre outras, a cidade de Quixeramobim.

Depois das viagens forçadas pela doença, voltou a residir no Rio em 1908, instalando-se, junto à família Sousa Bandeira, no bairro de Santa Teresa. Então foram morar na rua do Aqueduto – atual Almirante Alexandrino —, no edifício Palacete dos Amores. Mudaram-se, em 1912, para o Leme.

De 1912 a 1914, prosseguiu o tratamento da tuberculose, bem como estudou, sistematicamente, a técnica do verso: leu obras de Olavo Bilac, Raimundo Correia, Guillaume Apollinaire, Charles Cros, Mac-Fionna Leod, Goethe, Lenau, Heine etc. Nessa época de "formação" literária, escreveu seus primeiros versos livres.

Em junho de 1913, embarcou para a Europa, onde foi tratar-se da tuberculose no sanatório de Clavadel, perto de Davos-Platz, na Suíça. Fez amizade com Paul Eugène

---

6 *Idem, ibidem*, v. II, p. 20.

Grindel, que também recebia cuidados médicos. Depois, na França, esse companheiro tornou-se um famoso poeta, cujos versos ganharam vigor, principalmente, com a guerra civil espanhola, que o tocou de modo impactante, redimensionando suas criações artísticas. Mas passou a ser conhecido pelo nome de Paul Éluard.

Devido à Primeira Guerra Mundial, Bandeira voltou para o Rio de Janeiro em 1914, tendo residido na rua – atual avenida – Nossa Senhora de Copacabana; logo após, mudou-se para rua Goulart, no Leme. Porém, com a morte de sua mãe em 1916, a família voltou para Santa Teresa, onde descansou no Hotel Bellevue.

A cinza das horas, seu livro de estreia, foi publicado em 1917. A respeito dele, Bandeira escreveu:

> A fatura já não era de modelo parnasiano e sim simbolista, mas de um simbolismo não muito afastado do velho lirismo português. Os sonetos a Camões e a Antonio Nobre são claros indícios disto. Nada tenho para dizer desses versos, senão que ainda me parecem hoje, como me pareciam então, não transcender a minha experiência pessoal, como se fossem simples queixumes de um doente desenganado, coisa que pode ser comovente no plano humano, mas não no plano artístico. No entanto publiquei o livro, ainda sem intenção de começar carreira literária: desejava apenas dar-me a ilusão de não viver inteiramente ocioso.[7]

A segunda obra, *Carnaval*, surgiu dois anos após sua "estreia" literária. Essa reunião de versos representou seu "batismo de fogo"[8], tendo recebido críticas (positivas e negativas) em diversos periódicos, o que estava relacionado ao caráter experimental da obra, embora sem intenções vanguardistas. Das inovações técnicas empreendidas

---

7 *Idem, ibidem*, v. II, p. 44.
8 *Idem, ibidem*, v. II, p. 48.

nesse volume, nasceu a admiração do grupo paulista que organizava uma revolução artística. Manuel Bandeira foi apelidado por Mário de Andrade, uma das figuras centrais desse movimento, como o São João Batista do Modernismo, pois antecipou alguns preceitos da nova manifestação artística. Cerca de três anos após o lançamento de *Carnaval*, o entusiasmo dessa geração diante da poética bandeiriana estava mais que manifesto: na Semana de Arte Moderna, no Teatro Municipal de São Paulo, Ronald de Carvalho leu o poema "Os sapos" sob as vaias do público contrário ao movimento.

Morreu o pai de Manuel Bandeira em 1920, afetando a vida do poeta de modo determinante: desde então, sentia-se só para enfrentar a pobreza e a própria morte, pois sua mãe e sua irmã – ambas tão zelosas com a saúde de Bandeira – já tinham morrido em 1916 e 1918, respectivamente.

Nesse mesmo ano, mudou-se da rua do Triunfo, em Paula Matos, para rua do Curvelo – hoje Dias de Barros –, onde, ao longo de 13 anos, escreveu *O ritmo dissoluto*, *Libertinagem*, *Crônicas da província do Brasil* e vários poemas de *Estrela da manhã*. Essa rua foi importantíssima para sua formação poética, conforme ele próprio esclareceu no *Itinerário de Pasárgada*:

> A rua do Curvelo ensinou-me muitas coisas. (...) o elemento do humilde cotidiano que começou desde então a se fazer sentir em minha poesia não resultava de nenhuma intenção modernista. Resultou, muito simplesmente, do ambiente do morro do Curvelo[9].

Por ser uma "zona de convívio" da garotada, Bandeira ainda sentiu a restituição do "clima de meninice" da rua da União, bem como estreitou suas relações com Ribeiro

---

9 *Idem, ibidem*, v. II, p. 51.

Couto, que tinha se mudado um pouco antes para a mesma rua. Por intermédio desse vizinho repleto de novidades, estabeleceu relações amistosas e intensas com artistas modernistas do Rio de Janeiro e de São Paulo, como Di Cavalcanti e Mário de Andrade.

Apesar de sua afinidade com o grupo, Bandeira não participou da Semana de Arte Moderna em 1922, assim como não aderiu a outros movimentos artísticos, o que se deve ao caráter "libertino" de sua poesia: ele não queria limitar suas possibilidades criativas. Além disso, muito de seu modernismo provinha do espírito alegre e boêmio de seus amigos mais íntimos, como Jaime Ovalle, Dante Milano, Osvaldo Costa, entre outros, e do próprio clima da cidade do Rio de Janeiro.

A reunião das técnicas modernistas e desse ambiente festivo dos companheiros diários resultou em *Libertinagem*, de 1930. A partir dessa reunião de versos, Bandeira consolidou sua independência e diversidade criativa, recorrendo a elementos e estilos variados para elaboração de seus poemas. Lembremos ainda que esse processo foi iniciado ao publicar *O ritmo dissoluto*, em 1924, um livro que marca a transição de sua poesia:

> "Transição para quê?", escreveu Bandeira, "Para a afinação poética dentro da qual cheguei, tanto no verso livre como nos versos metrificados e rimados, isso do ponto de vista da forma; e na expressão das minhas ideias e dos meus sentimentos, do ponto de vista do fundo, à completa liberdade de movimentos"[10].

Depois de *Libertinagem*, publicou outros livros de poemas: *Estrela da manhã* (1936), *Lira dos cinquent'anos* (1940), *Belo belo* (1948), *Opus 10* (1952) e *Estrela da tarde* (1958), assim como vários livros de crítica literária e tradu-

---

10 *Idem, ibidem*, v. II, p. 62-63.

ções. Destacamos também seus volumes de crônicas, *Crônicas da província do Brasil* (1937) e *Flauta de papel* (1957), em que Bandeira revela sua prosa coloquial e sofisticada escrita para diversos periódicos desde 1917. Estimulado por Ribeiro Couto, Múcio Leão e Cassiano Ricardo, elegeu-se, em 1940, para a Academia Brasileira de Letras, tendo participado intensamente de suas atividades.

Na década de 1950, além do importantíssimo *Itinerário de Pasárgada*, publicou diversas traduções para editoras e companhias de teatro, como *Maria Stuart*, de Schiller, e *A máquina infernal*, de Jean Cocteau, as quais prosseguiram ao longo da década de 1960. Além disso, de 1957 a 1961, escreveu crônicas bissemanais para o *Jornal do Brasil*, do Rio de Janeiro, e para *Folha de S.Paulo*; de 1961 a 1964, para programas das Rádios Ministério da Cultura ("Quadrante") e Roquette-Pinto ("Vozes da cidade" e "Grandes poetas do Brasil").

No dia 13 de outubro de 1968, Manuel Bandeira faleceu, aos 82 anos de idade. Estava concluída a obra de um dos maiores autores da literatura brasileira, que, em seu extenso percurso, caminhou do sofrimento à "libertinagem", do temor pela morte ao mais terno sentimento perante a finitude.

BIBLIOGRAFIA

Poesia

A cinza das horas. Rio de Janeiro: Tipografia do Jornal do Comércio, 1917.
Carnaval. Rio de Janeiro: Tipografia do Jornal do Comércio, 1919.
Poesias. Rio de Janeiro: Tipografia da Revista de Língua Portuguesa, 1924. [*A cinza das horas* e *Carnaval* aparecem com acréscimos de alguns poemas. Inclui a 1ª edição de *O ritmo dissoluto.*]
Libertinagem. Rio de Janeiro: Pongetti, 1930.
Estrela da manhã. Rio de Janeiro: Tipografia do Ministério da Educação e Saúde, 1936.
Poesias escolhidas. Rio de Janeiro: Civilização Brasileira, 1937.
Poesias completas. Rio de Janeiro: Cia. Carioca de Artes Gráficas, 1940. [Inclui a 1ª edição de *Lira dos cinquent'anos.*]
Poesias completas. Rio de Janeiro: Americ Ed., 1944. [Inclui mais 18 poemas em *Lira dos cinquent'anos.*]
Poesias completas. Rio de Janeiro: Casa do Estudante do Brasil, 1948. [Inclui a 1ª edição de *Belo belo.*]

Mafuá do malungo. Barcelona: O Livro Inconsútil, 1948.
Poesias escolhidas. Rio de Janeiro: Pongetti, 1948.
Tres poetas del Brasil. Bandeira-Drummond-Schmidt. Tradução e prólogo de Leonidas Sobrino Porto, Pilar Vasquez Cuesta e Vicente Sobrino Porto. Ilustrações de Robert Degenève. Madrid: Estaees, 1950.
Opus 10. Ilustração de Fayga Ostrower. Niterói: Hipocampo, 1952.
Mafuá do malungo. 2ª edição aumentada. Rio de Janeiro: São José, 1954.
50 poemas escolhidos pelo autor. Rio de Janeiro: Ministério da Educação e Cultura, 1955. Coleção Cadernos de Cultura, 77.
Poesias completas. 6ª edição aumentada. Rio de Janeiro: José Olympio, 1955.
O melhor soneto de Manuel Bandeira. Rio de Janeiro: Philobiblion, 1955.
Um poema de Manuel Bandeira. Rio de Janeiro: Philobiblion, 1956.
Obras poéticas. Lisboa: Ed. Minerva, 1956.
Poesia e prosa. Introdução geral de Sérgio Buarque de Holanda e Francisco de Assis Barbosa. 2 volumes. Rio de Janeiro: José Aguilar, 1958. [Inclui a 1ª edição de *Estrela da tarde*.]
Pasárgada. Ilustrações de Aldemir Martins. Rio de Janeiro: Soc. dos Cem Bibliófilos, 1959.
Estrela da tarde. Salvador: Dinamene, 1960.
Alumbramentos. Salvador: Dinamene, 1960.
Antologia poética. Rio de Janeiro: Editora do Autor, 1961.
Manuel Bandeira. Paris: Éditions Pierre Seghers, 1964. Coleção "Poètes d'Aujourd'hui".
Estrela da tarde. Rio de Janeiro: José Olympio, 1963. [Inclui nova seção, intitulada "Preparação para morte".]
Preparação para morte. Álbum com poemas e vinhetas de Manuel Bandeira, além de litogravuras de João Quaglia.

Rio de Janeiro: Ed. de André Willième e Antoni Grosso, 1965.
Estrela da vida inteira. Poesia reunida e poemas traduzidos por Manuel Bandeira. Introdução de Antonio Candido e Gilda Mello e Souza. Rio de Janeiro: José Olympio, 1966. [Inclui as versões integrais de *Poemas traduzidos* e *Mafuá do malungo*].
Meus poemas preferidos. Rio de Janeiro: Edições de Ouro, 1966.
Poesias. Seleção e introdução de Adolfo Casais Monteiro. Lisboa: Portugália, 1968.
Amor canto primeiro. Poemas de Manuel Bandeira, Fernando Pessoa, Carlos Drummond de Andrade, Ricardo Reis, Jorge Guillén, Joaquim Cardoso, Miguel Torga, Vinícios de Morais, Pedro Salinas, Camilo Pessanha. Desenhos de Matisse. Rio de Janeiro: Edições Alumbramentos, 1968.
Seleta em prosa e verso. Organização, seleção e notas de Emanuel de Morais. Rio de Janeiro: José Olympio; INL/MEC, 1971. Coleção Brasil Moço.
Alumbramentos. Poemas de amor com desenhos de Aldemir Martins, Darel Valença e outros. Rio de Janeiro: Edições Alumbramento, 1979.
Testamento de Pasárgada. Seleção, organização e estudos críticos de Ivan Junqueira. Rio de Janeiro: Nova Fronteira, 1980.
Os melhores poemas de Manuel Bandeira. Seleção de Francisco de Assis Barbosa. São Paulo: Global, 1984.
Vou-me embora para Pasárgada. Organização de Emanuel de Moraes. Rio de Janeiro: José Olympio, 1986.
Carnaval. Edição crítica preparada por Júlio Castañon Guimarães e Rachel T. Valença. Rio de Janeiro: Nova Fronteira, 1986.
A cinza das horas; *Carnaval*; *O ritmo dissoluto*. Edição crítica preparada por Júlio Castañon Guimarães e Rachel

T. Valença. Rio de Janeiro: Nova Fronteira, 1994.
Berimbau e outros poemas. Rio de Janeiro: Nova Fronteira, 1994.
Vou-me embora para Pasárgada. Organização de Maura Sardinha. Rio de Janeiro: Ediouro, 1996.
Libertinagem—Estrela da manhã. Edição crítica preparada por Giulia Lanciani. São Paulo: ALLCA XX, 1998. Coleção Archivos, 33.

Prosa

Crônicas da Província do Brasil. Rio de Janeiro: Civilização Brasileira, 1937.
Guia de Ouro Preto. Ilustrações de Luís Jardim e Joanita Blank. Rio de Janeiro: Ministério da Educação e Saúde, 1938.
A autoria das Cartas chilenas. Rio de Janeiro: Separata da Revista do Brasil, 1940.
Noções de história das literaturas. São Paulo: Companhia Editora Nacional, 1940.
Discurso de posse na Academia Brasileira de Letras. Resposta de Ribeiro Couto. Rio de Janeiro: 1941.
Glória de Antero. Em colaboração com Jaime Cortesão. Lisboa: Cadernos de Seara Nova, 1943.
Apresentação da poesia brasileira. Seguida de uma pequena antologia. Prefácio de Otto Maria Carpeaux. Rio de Janeiro: Casa do Estudante do Brasil, 1946. Coleção Estudos Brasileiros da Casa do Estudante do Brasil.
Oração de paraninfo. Rio de Janeiro: Pongetti, 1946.
Recepção do sr. Peregrino Júnior na Academia Brasileira de Letras. Discursos dos srs. Peregrino Júnior e Manuel Bandeira. Rio de Janeiro, 1947.
Guide d'Ouro Preto. Tradução, notas e bibliografia de Michel Simon. Ilustrações de Luís Jardim. Rio de Ja-

neiro: Ministério das Relações Exteriores do Brasil, 1948.
Literatura hispano-americana. Rio de Janeiro: Pongetti, 1949.
Gonçalves Dias. Esboço biográfico. Rio de Janeiro: Pongetti, 1952.
De poetas e de poesia. Rio de Janeiro: Ministério da Educação e Cultura, 1954. Coleção Cadernos de Cultura, 54.
Itinerário de Pasárgada. Rio de Janeiro: Tipografia do Jornal de Letras, 1954.
Mário de Andrade, animador da cultura musical brasileira. Rio de Janeiro: Teatro Municipal, 1954. [Publicado em *Colóquio unilateralmente sentimental*. Cf. número 28 desta seção.]
Apresentação da poesia brasileira. Seguida de uma antologia de versos. Prefácio de Otto Maria Carpeaux. 2ª edição aumentada. Rio de Janeiro: Casa do Estudante do Brasil, 1954.
"Versificação em língua portuguesa", *Delta Larousse*. Rio de Janeiro: 1956. [Publicado em *Seleta de prosa*. Cf. número 30 desta seção.]
Francisco Mignone. Rio de Janeiro: Teatro Municipal, 1956.
Flauta de papel. Rio de Janeiro: Alvorada Edições de Arte, 1957.
"Em louvor das letras hispano-americanas", *Três conferências sobre cultura hispano-americana*. Em colaboração com Cecília Meireles e Augusto Tamayo Vargas. Rio de Janeiro: Ministério da Educação e Cultura, 1959. Coleção Cadernos de Cultura, 120.
Poesia e vida de Gonçalves Dias. São Paulo: Ed. das Américas, 1962.
Quadrante. Rio de Janeiro: Editora do Autor, 1962.
Quadrante II. Rio de Janeiro: Editora do Autor, 1963.
Gonçalves Dias, Álvares de Azevedo, Casimiro de Abreu,

Junqueira Freire, Castro Alves (biografias). Rio de Janeiro: El Ateneo, 1963.
Vozes da cidade. Rio de Janeiro: Record, 1963.
Andorinha, andorinha. Organização de Carlos Drummond de Andrade. Rio de Janeiro: José Olympio, 1966.
Os reis vagabundos e mais 50 crônicas. Rio de Janeiro: Ed. do Autor, 1966.
Colóquio unilateralmente sentimental. Rio de Janeiro: Record, 1968.
Prosa. Organização de Antonio Carlos Villaça. Rio de Janeiro: Agir, 1983.
Seleta de prosa. Organização de Júlio Castañon Guimarães. Rio de Janeiro: Nova Fronteira, 1997.
Guia de Ouro Preto. Notas de Jorge Moutinho. Ensaio fotográfico de Luís Augusto Bartolomei. Rio de Janeiro: Ediouro, 2000. [As notas de Jorge Moutinho referem-se às modificações registradas na cidade histórica de Ouro Preto, atualizando, portanto, alguns registros de Manuel Bandeira.]

Antologias organizadas por Manuel Bandeira

Antologia dos poetas brasileiros da fase romântica. Rio de Janeiro: Ministério da Educação e Saúde, 1937.
Antologia dos poetas brasileiros da fase parnasiana. Rio de Janeiro: Ministério da Educação e Saúde, 1938.
Poesias, de Alphonsus de Guimaraens. Edição dirigida e revista por Manuel Bandeira. Rio de Janeiro: Ministério da Educação e Saúde, 1938.
Sonetos completos e poemas escolhidos de Antero de Quental. Rio de Janeiro: Ed. Livros de Portugal, 1942.
Obras-primas da lírica brasileira. Seleção de Manuel Bandeira. Notas de Edgard Cavalheiro. São Paulo: Martins, 1943.

Obras poéticas de Gonçalves Dias. São Paulo: Companhia Editora Nacional, 1944.

Antologia de poetas brasileiros bissextos contemporâneos. Rio de Janeiro: Ed. Zélio Valverde, 1946.

Rimas de José Albano. Edição organizada, revista e prefaciada por Manuel Bandeira. Rio de Janeiro: Pongetti, 1948.

Antologia dos poetas brasileiros da fase romântica. 3ª edição. Revisão crítica, em consulta com o autor, por Aurélio Buarque de Holanda. Rio de Janeiro: INL/MEC, 1949.

Antologia dos poetas brasileiros da fase parnasiana. 3ª edição. Revisão crítica, em consulta com o autor, por Aurélio Buarque de Holanda. Rio de Janeiro: INL/MEC, 1951.

Gonçalves Dias. Rio de Janeiro: Agir, 1958.

Poesia do Brasil. Em colaboração com José Guilherme Merquior na fase moderna. Porto Alegre: Ed. do Autor, 1963.

Antologia dos poetas brasileiros bissextos contemporâneos. 2ª edição revista e aumentada. Rio de Janeiro: Organização Simões, 1964.

Rio de Janeiro em prosa & verso. Em colaboração com Carlos Drummond de Andrade. Com duas plantas em cores e 33 ilustrações. Ornatos de Luís Jardim. Rio de Janeiro: José Olympio, 1965.

Antologia dos poetas brasileiros da fase simbolista. Rio de Janeiro: Edições de Ouro, 1965.

Antologia dos poetas brasileiros da fase moderna. Em colaboração com Walmir Ayala. Rio de Janeiro: Tecnoprint, 1967.

Tradução

O tesouro de Tarzan, de Edgard Rice Burroughs. São Paulo: Companhia Editora Nacional, 1934.

A vida de Shelley, de André Maurois. São Paulo: Companhia Editora Nacional, 1936.

Aventuras maravilhosas do capitão Corcoran, de A. Assolant. São Paulo: Companhia Editora Nacional, 1936.

Minha cama não foi de rosas. Diário de uma mulher perdida, de Orson Wells. Rio de Janeiro: Civilização Brasileira, 1936.

A vida secreta de D'Annunzio, de Tom Antongini. São Paulo: Companhia Editora Nacional, 1939.

Um espírito que se achou a si mesmo. Autobiografia de Clifford Whittingham Beers. São Paulo: Companhia Editora Nacional, 1942.

As grandes cartas da história, desde a Antiguidade até os nossos dias, de Max Lincoln Schuster. São Paulo: Companhia Editora Nacional, 1943.

Poemas traduzidos. Publicado na Revista Acadêmica. Ilustrações de Guignard. Rio de Janeiro: 1945.

A prisioneira, de Marcel Proust. Em colaboração com Lourdes de Sousa de Alencar. Rio de Janeiro: Globo, 1951.

A aversão sexual no casamento, de Theodoor H. van de Velde. Rio de Janeiro: Civilização Brasileira, 1953.

Maria Stuart, de Schiller. Rio de Janeiro: Civilização Brasileira, 1955. [Peça representada em São Paulo e no Rio de Janeiro em 1955.]

Auto sacramental do divino Narciso, de Sóror Juana Inés de la Cruz. Publicado na *Revista da Universidade do Brasil*. Rio de Janeiro, 1956.

A máquina infernal, de Jean Cocteau. Lisboa: Ed. Pre-

sença, 1956. [A edição brasileira é da editora Vozes, Petrópolis, 1967.]
Poemas traduzidos. Edição revista e aumentada. Rio de Janeiro: José Olympio, 1956.
Juno e o pavão, de Sean O'Casey, 1957. [Peça traduzida para o Teatro de Arena e representada em São Paulo em 1957.]
O fazedor de chuva, de N. Richard Nash, 1957. [Peça censurada em 28 de maio de 1957 por Vaz de Melo.]
Macbeth, de Shakespeare. Rio de Janeiro: José Olympio, 1958. [Peça representada em Lisboa, Portugal, em 1956.]
Colóquio-Sinfonieta, de Jean Tardieu, 1958. [Peça representada no Rio de Janeiro em 1958.]
A casamenteira, de Thornton Wilder, 1959. [Na reprodução do datiloscrito, há referências ao "Teatro João Angelo Labanca" e à "Produção do Teatro do Rio".]
D. Juan Tenório, de Juan Zorilla de San Martín. Rio de Janeiro: Serviço Nacional de Teatro, 1960. [Representada neste mesmo ano no Rio de Janeiro.]
Mireia, de Frédéric Mistral. Rio de Janeiro: Delta, 1961.
Prometeu e Epimeteu, de Carl Spitteler. Rio de Janeiro: Delta, 1962. Coleção Prêmios Nobel.
O advogado do diabo, de Morris West. Petrópolis: Vozes, 1964.
Pena ela ser o que é, de John Ford, 1964. [Peça representada no Rio de Janeiro em 1964.]
Rubaiyat, de Omar Khayyan. Rio de Janeiro: Edições de Ouro, 1965.
Os verdes campos do Éden, de Antonio Gala. Petrópolis: Vozes, 1965.
A fogueira feliz, de J.N. Descalzo. Petrópolis: Vozes, 1965.
Edith Stein na câmara de gás, de Frei Gabriel Cacho. Petrópolis: Vozes, 1965.
Torso arcaico de Apolo, de Rainer Maria Rilke. Salvador: Dinamene, s.d.

O círculo de giz caucasiano, de Bertolt Brecht. Apresentação e tradução de Manuel Bandeira. São Paulo: Cosac & Naify Edições, 2002. [Peça traduzida para o Teatro Nacional de Comédia em 1963.]
Nômades do Norte, de James Oliver Curwood. São Paulo: Nacional, 2002.
O túnel transatlântico, de Bernard Kellermann. São Paulo: Companhia Editora Nacional, s.d.
Tudo se paga, de Elinor Glyn. Rio de Janeiro: Civilização Brasileira, s.d.

O calendário, de E. Wallace.
Gengis-Khan, de Hans Dominik.
A educação da vontade, de J. des Vignes Rouges.
Mulher de brio, de Michael Arlen.

Algumas traduções para companhias teatrais não foram publicadas. Os quatro últimos itens são referidos pelo próprio Manuel Bandeira, mas a localização das obras não foi possível.

Eduardo dos Santos Coelho nasceu em Nova Friburgo, estado do Rio de Janeiro, a 14 de agosto de 1979. Bacharelou-se em Letras pela Universidade Federal do Rio de Janeiro, onde defendeu mestrado e doutorado em Literatura Brasileira, sobre a poética de Manuel Bandeira.

ÍNDICE

Máquina de tudo 7

Crônicas da Província do Brasil
(1937)

De Vila Rica de Albuquerque a Ouro Preto
dos estudantes 18
Bahia 37
O Aleijadinho 49
Velhas igrejas 60
A Festa de Nossa Senhora da Glória do Oiteiro 63
Arquitetura brasileira 67
Na câmara-ardente de José do Patrocínio Filho 70
O enterro de Sinhô 73
Um grande artista pernambucano 76
Recife 80
O místico 82
A trinca do curvelo 85
A nova gnomonia 89
Candomblé 94

Lenine 97
Os que marcam *rendez-vous* com a morte 100
Fragmentos 103
O heroísmo de Carlito 108
Elizabeth Barrett Browning 112

Flauta de papel
(1957)

Vitalino 118
Minha mãe 122
A antiga trinca do Curvelo 125
João 128
Germaninha 131
Machado e Abel 135
Ecos do carnaval 137
Ovalle 139
Ballet 144
O retorno 146
Tempos do Reis 148
Poema desentranhado 150
Carta do Recife 153
Variações sobre o passado 156
O mangue 159
São João 164
Novo escultor 167
Suicidas 170
Fala o sexagenário 173
Pardais novos 175
O professor de grego 177
Saudades de Quixeramobim 179

Queijo de minas 181
O tripé 183
Oswald 185
O bar 187

Andorinha, andorinha
(1966)

Antinudismo 190
Cheia! As cheias!... 193
Gosmilho 195
Crônica de Natal 197
Iemanjá 199
Pêsames ou parabéns? 201
A morte vertical 203
Está morrendo mesmo 205
O momento mais inesquecível 207

Biografia de Manuel Bandeira 209
Bibliografia 217

COLEÇÃO MELHORES POEMAS

Affonso Romano de Sant'Anna
Seleção e prefácio de Miguel Sanches Neto

Alberto da Costa e Silva
Seleção e prefácio de André Seffrin

Alberto de Oliveira
Seleção e prefácio de Sânzio de Azevedo

Almeida Garret
Seleção e prefácio de Izabela Leal

Alphonsus de Guimaraens Filho
Seleção e prefácio de Afonso Henriques Neto

Alphonsus de Guimaraens
Seleção e prefácio de Alphonsus de Guimaraens Filho

Alvarenga Peixoto
Seleção e prefácio de Antonio Arnoni Prado

Álvares de Azevedo
Seleção e prefácio de Antonio Candido

Álvaro Alves de Faria
Seleção e prefácio de Carlos Felipe Moisés

Antero de Quental
Seleção e prefácio de Benjamin Abdalla Junior

*Antonio Brasileiro**
Seleção e prefácio de Alexei Bueno

Armando Freitas Filho
Seleção e prefácio de Heloisa Buarque de Hollanda

Arnaldo Antunes
Seleção e prefácio de Noemi Jaffe

Augusto dos Anjos
Seleção e prefácio de José Paulo Paes

Augusto Frederico Schmidt
Seleção e prefácio de Ivan Marques

Augusto Meyer
Seleção e prefácio de Tania Franco Carvalhal

Bocage
Seleção e prefácio de Cleonice Berardinelli

Bueno de Rivera
Seleção e prefácio de Affonso Romano de Sant'Anna

Carlos Nejar
Seleção e prefácio de Léo Gilson Ribeiro

CARLOS PENA FILHO
Seleção e prefácio de Edilberto Coutinho

CASIMIRO DE ABREU
Seleção e prefácio de Rubem Braga

CASSIANO RICARDO
Seleção e prefácio de Luiza Franco Moreira

CASTRO ALVES
Seleção e prefácio de Lêdo Ivo

CECÍLIA MEIRELES
Seleção e prefácio de André Seffrin

CESÁRIO VERDE
Seleção e prefácio de Leyla Perrone-Moisés

CLÁUDIO MANUEL DA COSTA
Seleção e prefácio de Francisco Iglésias

CORA CORALINA
Seleção e prefácio de Darcy França Denófrio

CRUZ E SOUSA
Seleção e prefácio de Flávio Aguiar

DANTE MILANO
Seleção e prefácio de Ivan Junqueira

FAGUNDES VARELA
Seleção e prefácio de Antonio Carlos Secchin

FERNANDO PESSOA
Seleção e prefácio de Teresa Rita Lopes

FERREIRA GULLAR
Seleção e prefácio de Alfredo Bosi

FLORBELA ESPANCA
Seleção e prefácio de Zina Bellodi

GILBERTO MENDONÇA TELES
Seleção e prefácio de Luiz Busatto

GONÇALVES DIAS
Seleção e prefácio de José Carlos Garbuglio

GREGÓRIO DE MATOS
Seleção e prefácio de Darcy Damasceno

GUILHERME DE ALMEIDA
Seleção e prefácio de Carlos Vogt

HAROLDO DE CAMPOS
Seleção e prefácio de Inês Oseki-Dépré

HENRIQUETA LISBOA
Seleção e prefácio de Fábio Lucas

IVAN JUNQUEIRA
Seleção e prefácio de Ricardo Thomé

JOÃO CABRAL DE MELO NETO
Seleção e prefácio de Antonio Carlos Secchin

JORGE DE LIMA
Seleção e prefácio de Gilberto Mendonça Teles

JOSÉ PAULO PAES
Seleção e prefácio de Davi Arrigucci Jr.

LÊDO IVO
Seleção e prefácio de Sergio Alves Peixoto

LINDOLF BELL
Seleção e prefácio de Péricles Prade

LUÍS DE CAMÕES
Seleção e prefácio de Leodegário A. de Azevedo Filho

LUÍS DELFINO
Seleção e prefácio de Lauro Junkes

LUIZ DE MIRANDA
Seleção e prefácio de Regina Zilbermann

MACHADO DE ASSIS
Seleção e prefácio de Alexei Bueno

MANUEL BANDEIRA
Seleção e prefácio de André Seffrin

MARCO LUCCHESI*
Seleção e prefácio de Amador Ribeiro Neto

MÁRIO DE ANDRADE
Seleção e prefácio de Gilda de Mello e Souza

MÁRIO DE SÁ-CARNEIRO
Seleção e prefácio de Lucila Nogueira

MÁRIO FAUSTINO
Seleção e prefácio de Benedito Nunes

MARIO QUINTANA
Seleção e prefácio de Fausto Cunha

MENOTTI DEL PICCHIA
Seleção e prefácio de Rubens Eduardo Ferreira Frias

MURILO MENDES
Seleção e prefácio de Luciana Stegagno Picchio

Nauro Machado
Seleção e prefácio de Hildeberto Barbosa Filho

Olavo Bilac
Seleção e prefácio de Marisa Lajolo

Patativa do Assaré
Seleção e prefácio de Cláudio Portella

Paulo Leminski
Seleção e prefácio de Fred Góes e Álvaro Marins

Paulo Mendes Campos
Seleção e prefácio de Humberto Werneck

Raimundo Correia
Seleção e prefácio de Telenia Hill

Raul de Leoni
Seleção e prefácio de Pedro Lyra

Ribeiro Couto
Seleção e prefácio de José Almino

*Ronald de Carvalho**
Seleção e prefácio de Sânzio de Azevedo

Ruy Espinheira Filho
Seleção e prefácio de Sérgio Martagão Gesteira

Sosígenes Costa
Seleção e prefácio de Aleilton Fonseca

Sousândrade
Seleção e prefácio de Adriano Espínola

Thiago de Mello
Seleção e prefácio de Marcos Frederico Krüger

Tomás Antônio Gonzaga
Seleção e prefácio de Alexandre Eulalio

Torquato Neto
Seleção de Cláudio Portella

Vicente de Carvalho
Seleção e prefácio de Cláudio Murilo Leal

Walmir Ayala
Seleção e prefácio de Marco Lucchesi

*PRELO

COLEÇÃO MELHORES CRÔNICAS

AFFONSO ROMANO DE SANT'ANNA
Seleção e prefácio de Letícia Malard

ÁLVARO MOREYRA
Seleção e prefácio de Mario Moreyra

*ANTONIO TORRES**
Seleção e prefácio de André Seffrin

ARTUR AZEVEDO
Seleção e prefácio de Orna Messer Levin e Larissa de Oliveira Neves

AUSTREGÉSILO DE ATHAYDE
Seleção e prefácio de Murilo Melo Filho

CECÍLIA MEIRELES
Seleção e prefácio de Leodegário A. de Azevedo Filho

COELHO NETO
Seleção e prefácio de Ubiratan Machado

*ELSIE LESSA**
Seleção e prefácio de Álvaro Costa e Silva

EUCLIDES DA CUNHA
Seleção e prefácio de Marco Lucchesi

FERREIRA GULLAR
Seleção e prefácio de Augusto Sérgio Bastos

GUSTAVO CORÇÃO
Seleção e prefácio de Luiz Paulo Horta

HUMBERTO DE CAMPOS
Seleção e prefácio de Gilberto Araújo

IGNÁCIO DE LOYOLA BRANDÃO
Seleção e prefácio de Cecilia Almeida Salles

IVAN ANGELO
Seleção e prefácio de Humberto Werneck

JOÃO DO RIO
Seleção e prefácio de Edmundo Bouças e Fred Góes

JOSÉ CASTELLO
Seleção e prefácio de Leyla Perrone-Moisés

JOSÉ DE ALENCAR
Seleção e prefácio de João Roberto Faria

JOSUÉ MONTELLO
Seleção e prefácio de Flávia Vieira da Silva do Amparo

LÊDO IVO
Seleção e prefácio de Gilberto Mendonça Teles

LIMA BARRETO
Seleção e prefácio de Beatriz Resende

MACHADO DE ASSIS
Seleção e prefácio de Salete de Almeida Cara

MANUEL BANDEIRA
Seleção e prefácio de Eduardo Coelho

MARCOS REY
Seleção e prefácio de Anna Maria Martins

MARINA COLASANTI
Seleção e prefácio de Marisa Lajolo

MARQUES REBELO
Seleção e prefácio de Renato Cordeiro Gomes

MOACYR SCLIAR
Seleção e prefácio de Luís Augusto Fischer

ODYLO COSTA FILHO
Seleção e prefácio de Cecília Costa Junqueira e Virgílio Costa

OLAVO BILAC
Seleção e prefácio de Ubiratan Machado

RACHEL DE QUEIROZ
Seleção e prefácio de Heloisa Buarque de Hollanda

RAUL POMPEIA
Seleção e prefácio de Cláudio Murilo Leal

ROBERTO DRUMMOND
Seleção e prefácio de Carlos Herculano Lopes

RUBEM BRAGA
Seleção e prefácio de Carlos Ribeiro

SÉRGIO MILLIET
Seleção e prefácio de Regina Campos

ZUENIR VENTURA
Seleção e prefácio de José Carlos de Azeredo